暗杀

希拉里·曼特尔短篇小说集

[英] 希拉里·曼特尔 著
黄昱宁 译

上海译文出版社

致比尔·汉密尔顿，
威廉第四街上的男人：
三十年来，无以言谢

目录

很抱歉打扰你

那些日子，门铃不常响，只要一响，我就躲进里屋去。惟有听到那种响个不停的铃，我才会蹑手蹑脚地踩着地毯走到门口，门上有个猫眼。我们防卫森严，门闩和百叶窗，单闩锁和榫眼，高高的防盗窗，一应俱全。透过猫眼，我看见一个心烦意乱的男人，身上穿一件皱巴巴的银灰色正装：三十多岁，亚洲人。他从门口往后退了几步，正在四下张望，看看对面那扇锁上的门，看看上面积满灰尘的大理石阶梯。他拍拍自己的口袋，掏出一团捏成球状的手帕，在脸上抹了一通。他的表情实在是忧虑得很，弄得满脸的汗水简直像是泪水。我打开了门。

门一开，他就举起双手，好像为了表示他手无寸铁，他的手帕像一面白旗子那样垂下来。“女士！”瓷砖墙上的光斑斑驳驳、影影绰绰，在这样的光线中，我的肤色一定是骇人的惨白。可他深吸一口气，猛地拽了一下皱巴巴的外套，抬起一只手理理头发，然后像变戏法似的递来他的名片。“穆罕默德·伊甲兹。做进出口的。很抱歉，打扰了你的午后时光。我彻底迷路了。能让我用一下你的电话吗？”

我往旁边一站，让他进屋。我确确实实露出了微笑。考虑到后面发生的事，我只能猜测我当时确实笑了。“没问题。只要今天电话管用就行。”

我走在前面，他跟在后面，边走边说：一单要紧的生意，他眼看着就要大功告成，只是还得与客户见上一面，时间——他挽起袖子，看看他的假劳力士表——时间快到了；地址他是有的——他再次拍拍口袋——可是那办公室却不在它应该在的地方。他飞快地对着电话讲阿拉伯语，流利，咄咄逼人，他的眉毛挑起来，最后摇摇头；他放下听筒，惋惜地看看它；接着又抬起头看我，脸上浮起一抹酸涩的笑。嘴没长好，我想。差一点就能算个英俊的男人了，可就差那么一点：清瘦，面如土色，轻易就能放倒。“女士，我欠你的情，”他说。“我得马上冲过去。”

我想给他帮点什么忙——让他用洗手间？放松一下歇歇脚？我不知道该如何措辞。“梳洗”，这个荒唐的词儿从脑海里浮现出来。可他此时已经作势冲向门口——尽管，看刚才那个电话挂断时的情势，我猜想，在他要去的那个地方，他们并不像他那样渴望见面。“这个发疯的城市，”他说，“他们老是在街上挖来挖去，东搬西挪。很抱歉这样闯进来，打搅你的隐私。”在客厅里，他又四下里扫视了一番，还往楼上瞥了一眼。“只有英国人才会帮你。”他飞奔穿过客厅，费力地推开外面那扇带着沉重铁网的大门，一时间，麦地那大街上单调的市声涌进来。门转回原位，他走了。我小心翼翼地关上门，融入一阵压抑的静默中。空调咯咯作响，就像一个年迈的亲戚在漫不经心地咳嗽。空气中弥漫着浓重的杀虫剂气味，有时候我一边走一边喷，这玩意会环绕在我周围，像轻盈的薄雾，像面纱。我又拿出短语手册和磁带。第五课：我住在吉达[①]。我今天忙着。真主赐予你力量！

下午我丈夫回家时，我告诉他：“有个迷路的男人进来过。巴基斯坦人。生意人。我让他进来打了个电话。”

丈夫没做声。空调又发出了干咳的声音。他走进浴室，赶走几只蟑螂，开始冲凉。再出来时，他光着身子滴着水，往床上一躺，瞪着天花板。第二天，我就把那张名片扔进了垃圾桶。

那天下午门铃又响了。伊甲兹回来，又是道歉又是解释，谢谢我救了他。我给他泡了一杯速溶咖啡，他坐下来跟我聊了点他自己的事。

---

① 沙特阿拉伯地名。

这些事情发生在一九八三年六月。当时我在沙特阿拉伯已经待了六个月。我的丈夫供职于一家本部在多伦多的地质顾问公司，后来被他们临时借调到矿物资源部。他大多数同事都给安置在家属“大院”，每套房子大小不一，可是单身汉和像我们这样没孩子的夫妻就只能将就，有什么就住什么。这是我们住过的第二套公寓。此前住在这里的那个美国单身汉刚刚匆匆搬走。这栋楼有四套公寓，一位沙特公务员携妻儿住在楼上；第四套空置；在底楼，跟我们的公寓隔着走道相望的位置住着一个巴基斯坦会计，替一位政府部长工作，处理他的个人财务。单身汉以前间或会在走道或者楼梯上撞见这两家的女眷——一个一身黑袍，从头裹到脚，另一个面纱半遮——单身汉的一句“哈罗”（也可能就是一声“嗨”），给她们的生活多少增添了一点儿亮色。

除此之外，并没有迹象表明他有行为失检之处。可他还是遭到了投诉，只好走人，于是我们搬进去，取而代之。以沙特标准衡量，这套公寓小得很。地毯是米黄色的，米白的墙纸上有淡淡的波浪图案，几乎看不出来。窗户上装着重重的木制百叶板，你得在里面转动手柄才能把百叶板合上。就算百叶板张开的时候，光线还是昏暗，从早到晚我都得开着带状灯。几个房间均以深色木制双开门相隔，门重得就像棺材盖。我觉得就像是住进了殡仪馆，身边堆满样品，而那些虫子里的机会主义者，纷纷扑到灯上把自己炸熟。

他毕业于迈阿密商科学校，伊甲兹说，他的业务，他目前的主营业务，是瓶装水。那单生意顺利吗，昨天那单？他闪烁其词——显然，事情没那么简单。他单手挥了挥——得给它点儿时间，给它点儿时间。

我那会儿在这座城里还没什么朋友。社交生活——尽管不太像样——均以私家宅院为中心；没有影院、剧场和演讲厅。体育场倒是有的，但没有女人的份。不允许出现“混合聚会”。沙特人不能跟外国劳工混在一起。前者看不起后者，觉得他们都是有用的坏人，不过白皮肤、讲英文的外籍人士好歹在这类人里占据最高等级。别人——比如伊甲兹——就属于“第三世界国民”，一旦贴上这块标签，他们就得面对各种各样的刻薄、侮辱，还会在日常琐事中遭遇错综复杂的状况。印度人和巴基斯坦人通常在商店里打工，要不就是做点儿小生意。菲律宾人在建筑工地上干活。从泰国来的男人扫大街。大胡子也门人坐在上锁的商店门外的人行道上，他们的裙子皱巴巴，长满毛的腿伸在外面，他们的人字拖鞋离那些嗖嗖驶过的汽车只有几英寸远。

我结婚了，伊甲兹说，娶了个美国人；你得见见她。也许，他说，也许你能帮帮她，你明白吗？依我看，最好的办法就是按照吉达惯常的风俗，让夫妻们老待在一起。在这座城里，女人没什么动力可言；她们拿不到驾驶执照，而雇得起司机的只有富人。所以想出门的夫妻就得一起行动。我觉得伊甲兹和我丈夫是交不上朋友的。伊甲兹太好动，神经兮兮。动不动就笑起来。他老是拽衣领，扭动他那双被皮鞋夹痛的脚，老是在那块假劳力士表上轻轻敲打；老是在道歉。我们的公寓就在港口边上，他说，跟我哥嫂住在一起，不过他刚回迈阿密，而我妈刚过来看我们，我太太来自美国，我们有一子一女，一个六岁，一个八岁。他伸手摸出钱包，给我看一个长得怪模怪样、脑袋尖尖的小男孩。“萨利姆。”

临走前，他再次感谢我信任他，让他走进我的屋子。呃，他说，谁知道他是什么样的人。话说回来，把急于求助的陌生人往坏里想，这不是英国人的处事方式。他在门口握住我的手。就这样吧，我想。我多少有点意识到：最好到此为止。

因为人总是被别人观察着：他们俯视着你，而不是清晰准确地看见你，认得你。我的巴基斯坦邻居亚什敏每回走到我们两家中间的地带时，都会飞快地在一头鬈发上裹一条头巾，双眼窥视门口周围；她的动作紧张而机警，在大理石地面上跳来跳去，脑袋不时向两边转动，担心有人恰恰就在这个时候挤进这扇重重的、临街的大门。有时候，我被从门缝里吹进来、积在大理石地面上的灰尘惹恼，抄起一把长扫帚走出家门，来到这栋楼的门厅里。此时，如果我的那位沙特男邻居从二楼下来去拿车，他就会一边从我挥舞的扫帚上跨过去，一边别过头，连看都不看我一眼。他是在用“视而不见”向另一个男人的妻子表示尊重。

我拿不准伊甲兹对我是不是也怀有这样的尊重。我们的情形不合常规，很容易引发误解：我有了一个会在下午登门拜访的客人。他也许认为，只有那种动辄喜欢拿自己冒险的女人才会允许一个陌生人走进她的屋子。不过，对于他可能会怎么想，我不能妄加猜测。当然啦，一所迈阿密的商科学校，还有那些他在西方待过的日子，会让我的态度在他眼里显得不那么异常吧？他现在算是认识我了，言谈松弛下来，充满了他拿来自嘲的冷笑话；不过，他还是喜欢抖动双脚，喜欢拽衣领，喜欢用手指敲。听磁带的时候，我发觉第十九课已经预先讲到了与他类似的情形：我把地址告诉司机，可等我们抵达时，却发现这个地址根本没有什么房子。我希望用轻描淡写的友好态度（我也确实仅止于此）向他表明，我们的关系完全可以简单明了，因为他对我根本就没有魅力可言——乏善可陈到简直让我有点抱歉的地步。事情就是到这一步开始变得糟糕的——我觉得我必须证明他认定我具有的那种国民性是准确无误的，所以我绝不能看轻他，不能拒绝一段友情，以免他以为我这样做是因为他来自第三世界国家。

他的第二次乃至第三次来访都是一种打扰，简直让人恼火。在这座城市里没什么选择，我早已决定把我的孤独抱在怀里，悉心照料。那些日子我正病着，还接受了一套反应剧烈的药物疗程，不仅头痛目眩、听力下降，而且哪怕在饥饿状态中也吃不下东西。那些药很贵，得从英国进口；我丈夫的公司用快件送过来。消息走漏出去，公司里别家的妻子就断定我吃的是治疗不育的药；可这事我并不知道，于是我们聊天的氛围就变得异常古怪，我甚至感觉到了一点险恶的意味。我被迫参加公司社交活动时，她们为什么老是要说起那些曾经流产过、如今孩子在童车上活蹦乱跳的女人？一个年长的女人悄悄透露，她的两个孩子都是领养的；我看着她们，心里想，耶稣啊，从哪里领养的？动物园吗？我的巴基斯坦邻居也掺和进来，嘀嘀咕咕，说我很快就要有孩子了——她听到了传闻，可我否认了她的暗示，指出她其实是自己怀了头胎，想找个伴儿。平时的上午我多半会看到她，休息时喝杯咖啡聊个天，我宁可把话题引到伊斯兰教上，这轻而易举；她受过教育，热衷于指导别人。六月六日：“和我的邻居共度两小时，”我在日记里写道，“拓宽了文化鸿沟。”

第二天，丈夫把机票带回家，还有七周后我们首次回国探亲要用的出境签证。六月九日，周四：“在我的头上发现一根白发。”

国内正有一场大选，我们彻夜不眠，收听BBC世界通讯社报告选举结果。我们把灯一关，那个杂货商的女儿[①]就在我的梦里和着《利利布蕾落》[②]的曲调跳吉格舞。周五放假，我们一觉睡到中午，直到祷告广播响起。斋月开始了。六月十五日，周三："读《三度轮回》[③]，偶尔呕吐。"

十六日，跟我们隔着门厅相望的邻居出门朝圣，穿一身白色长袍。走之前他们按了我们的门铃："需要我们从麦加给你们捎点东西吗？"六月十九日，我实在想换换花样，就把起居室里的家具挪了一下位置，然后记下一笔："没有明显改善。"我写我陷在"既难受又烦人的念头"里，可我没说清楚到底是什么念头。我把自己描述成"燥热、恶心且郁闷"。七月四日我肯定开心了一点，因为我一边熨衣服一边听《英雄交响曲》。可是，七月十日早上，我先起床，煮咖啡，然后走进起居室，发现那些家具似乎在努力自己挪回原位。一把扶手椅向左歪倒，好像在醉醺醺地舞蹈；椅子底部有一侧抵住地毯，但另一侧的一只脚在空中，完全靠一只脆弱的废纸篓边缘保持微妙的平衡。我张大嘴巴，冲回卧室；那天是公共假期，我丈夫正半梦半醒着。我冲着他喋喋不

---

① 指撒切尔夫人。
② 英国1688年革命时流行的一支歌曲。
③ 澳大利亚作家、诺贝尔文学奖获得者帕特里克·怀特的长篇小说。

休。他静静地起床，戴上眼镜，跟我出去。他站到起居室门口。他四下看了看，然后毫不犹豫地告诉我，这事跟他无关。他走进浴室。我听到他关上门，咒骂蟑螂，打开淋浴。后来我说我肯定是梦游了。你觉得是这么回事吧？你觉得是我干的？七月十二日："搞破坏的梦又来了。"

麻烦的是，伊甲兹知道我在家；我还怎么到别处去呢？有一天下午，我把他晾在门厅里，他不停地按门铃，接下来的那次，我让他进屋，他问我上回去了哪里；我说，"啊，抱歉，我当时肯定是去邻居家串门了。"看得出来，他并不相信我，他那么悲伤地看着我，搞得我一下子就心软了。吉达让他烦恼，令他受辱，他说他想念美国，他想念造访伦敦的那些时光，他得马上去一次，休息休息；他问我们什么时候走呢，也许咱们可以在那里见个面？我解释说，我的家并不在伦敦，这话让他吃了一惊；他似乎猜疑这是我的托辞，就跟他按门铃我不理是一回事。"我能弄到出境签证的，"他又说了一遍。"在那里碰个头。那里没有这些……"他指指那些像棺材盖似的门，那些沉重而任性的家具。

那天他把我逗得笑起来，因为他提到他的第一个女朋友，美国姑娘，绰号叫斑点。三言两语就能描述出她的样子，活泼时髦，皮肤被阳光晒成棕色，某天，她突然脱下上衣，赤裸的乳房弹跳着贴到他身上，终结了他那苍白孱弱的童贞，让他震惊不已。当时他感受到的畏惧，触碰到她时油然而生的惊恐……还有他那有失颜面的表现……回想起这些事，他禁不住用指关节直敲脑门。我想我当时听得入了神。一个大男人能有多少机会讲这些事？我说给丈夫听，想逗他笑一笑，可他没笑。通常，为了帮他一把，我总是赶在他从部里回到家之前用吸尘器吸蟑螂。他脱下衣服，掉头就走。我听到浴室里水花飞溅。第十九课：你结婚了吗？对，我妻子跟我在一起，她正站在房间角落里。我想象着那些集尘袋里的蟑螂，此刻正在黑暗中挣扎。

我回到餐桌旁，刚才我正在桌边写一篇幽默小说。这事没人知道，我从来没跟公司里别人的太太提起过，而且几乎都不怎么提醒自己我在写。我在带状灯底下涂涂写写，一直写到要开车出去买食品了才停下。你只能在日落祷告和晚间祷告之间买东西；万一你弄错了时间，那么第一次祷告广播响起，店铺就会砰的一声降下闸门，要么把你困在店里，要么关在门外，只好待在又热又潮的停车场。来自“扬善除恶委员会”的志愿者会在商业区里巡逻。

七月底伊甲兹带上他一家人来喝茶。玛丽-贝丝是一个小个子女人，不过看起来她皮肤底下都浮肿着；没精打采，满脸雀斑，羸弱无力，一头褪色的红发，她那副样子就好像把自己卷成一团躲起来，根本就不习惯开口说话。他有个沉默不语的女儿，眼睛像黝黑的星星，为了出门做客，别别扭扭地套上一件白色褶边连衣裙。六岁的萨利姆有个尖尖的脑袋，每个动作都踌躇不定，就好像他的四肢随时会咔嚓折断似的。他的眼神颇有戒心；而玛丽-贝丝几乎一直在避开我的视线。伊甲兹跟她说过什么？说他要带她去看一个女人，他有点希望她也能变得跟这女人一样？这个下午过得不太愉快。我好歹应付到了结束，因为有一股强烈的希望一直支撑着我：我已经打完了包，马上就能飞回家了。前一天，当我走进自己存放衣服的备用间时，眼前又出现了让我沮丧的一幕。那排定制衣橱的门——就跟别的“棺材盖”一样又大又结实——被人动过了，铰链松脱；它们的位置都给挪动了，如今只有下面那排铰链还连着，上面那一半门就像是在一台摇摇晃晃的机器上张开的翅膀。

八月一日，雷电交加，暴雨滂沱，我们在阿卜杜勒-阿齐兹国王国际机场起飞，飞行途中颠簸得厉害。其实我对玛丽-贝丝其人其事颇为好奇，挺想再见到她的，可是，另一半的我恨不得她和伊甲兹从此消失。

十一月末，我把我写的书留给一个经纪人，然后回到吉达。当初离开吉达之前我跟我的沙特邻居会过面，她是一个年轻的妈妈，闲暇时在一所女子大学里上点文学课。女性接受的教育通常被人看成一件奢侈品，一道装饰，一种丈夫可以拿来夸耀自己宽容大度的方式；穆尼拉几乎连作业都完不成，于是我常常会在将近午时前上楼，替她做作业，而她穿着家常衣服坐在地板上一边看埃及肥皂剧一边嗑瓜子。我们三个女人成了每天将近午时的朋友；我想，还是让她们观察我，等我走以后再谈论我为好。亚什敏和我一起上楼要容易一点，因为如果让穆尼拉下楼，那她就得穿戴整套面纱和长袍；更何况，一到楼梯上的公共地带，她还得提心吊胆、踌躇不定，弄不好就会有哪个大街上的男人窜进大门喊一声“嗨”。亚什敏是个娇小的女人，就像一幅波斯细密画上的公主；她比我年轻，衣着体面，一丝不苟，再加上教养好、有分寸，更添一道光泽。穆尼拉十九岁，长相有种粗率而热切的美，皮肤白皙，头发长而浓密，在静电作用下劈啪作响，她似乎一直在过着一种离群索居却不乏活力的生活；她笑起来喉咙里发出沙哑的爆裂声。她和亚什敏坐在垫子上，却给我一张椅子；这是她们坚持的。她们招待我雀巢咖啡，尽管我宁可喝一杯浑浊的当地饮料。我听说过咖啡因治偏头痛多少有点效果；有几个晚上，我失眠，神经质地走来走去，斜倚在墙上，直到拂晓时分的祷告广播才把我送上了床，躺在床上仍然发疯般地想着我可能写出什么样的书来。

十二月六日，伊甲兹按响了门铃。久别重逢，他高兴得很；

他微笑着说，“现在你比以前更像‘斑点’啦。”我猛地一阵警觉；这种话，这种话以前可没说过。我比她苗条，他说，长得也好看——我开的药已经有所减少，最近也常常晒晒太阳，我想就是阳光起的作用。然而，“不，你确实有什么地方不一样了，”他说。有个公司职员的太太也这么说。她想，毫无疑问，我到底还是怀上了孩子。

我把伊甲兹领进了起居室，他跟在我后面一个劲地恭维，还煮了咖啡。“也许是因为我的书，”我一边说一边坐下来。“你瞧，我写了一本书……”我越说越轻。这不是他的世界。在吉达没人会读书。你在店里什么都能买到，除了酒精和书架。尽管我的邻居亚什敏是英语专业的毕业生，可她说自从结婚以后还从来没读过一本书；她每天晚上都忙着张罗晚宴。我取得了一点成功，我解释道，或者说我希望能取得一点成功，你瞧我写了一本小说，有个经纪人把书拿走了。

“是本故事书？给孩子看的？”

“给大人。”

“你在度假的时候写的？”

“不是，我一直在写。”我觉得这么说不够坦率。我不用去应付门铃的时候才能写。

“你丈夫会花钱帮你出版吗？”

“不会，走运的话，会有人替我付钱。一家出版社。经纪人希望能卖掉它。”

“这个经纪人，你是在哪里认识他的？”

我没法说清是通过《作家艺术家年鉴》。“在伦敦。他办公室。”

“可你并不住在伦敦啊，”伊甲兹说，就好像发了个好球直接得分。他在我的故事里找到了漏洞。“没准他人不好呢。没准他会把你的钱偷走。”

我当然看得出，在他的世界里，“经纪人”这个词还涵盖了某些宽泛的、招人讨厌的门类。可是，写在他名片上的“进出口”又当如何呢？在我听来这可未必是什么体面正直的词儿。我想争辩几句；我还是对他提起“斑点”耿耿于怀；伊甲兹似乎毫无预兆地改变了我们之间的契约条款。“我可不这么想。我没给他钱。他的公司，很出名。”他们公司的办公室在哪里？伊甲兹吸吸鼻子，我继续解释，努力想替自己正名；可话说回来，我为什么会觉得办公室在威廉第四街就能保证他们的人品靠谱？伊甲兹很熟悉伦敦。“地铁坐到查令十字街站下吧？”他看上去仍然有点被冒犯到的样子。“特拉法尔加广场附近？”

伊甲兹又咕哝了一句。“你是一个人去他们那里的？”

我没法宽慰他。我递给他一块饼干。我不指望他理解我在从事什么，可他似乎对另一个男人进入我的生活深感悲伤。“玛丽-

贝丝好吗?”我问道。

“她得了一种肾病。”

我很震惊。“严重吗?”

他抬起肩膀；不是耸肩，更像是转动关节，好像想缓解某处老伤。“她得回美国治病。挺好。我好歹也算摆脱她了。”

我望向别处。我没想到这一层。“真替你难过，你过得不开心。”

“你看，我真的不知道她有什么问题，”他不耐烦地说，“她老是悲悲切切，老是在拖地板。”

“你知道，对于女人而言，这里可不是那种很容易生活的地方。”

可他能听懂吗？他火冒三丈，说，“她想要一辆大汽车。我就弄了辆大汽车。她还想要我干什么?”

十二月六日：“伊甲兹待得太久了，”日记上这么写道。第二天他又来了。他刚用那样的口气说过他老婆——又用那样的口气把我跟那位曾在迈阿密岁月中与他相亲相爱的斑点放在一起比较——我觉得我不应该再见他了。可他早就酝酿了一个计划，不肯放手。我应该跟我丈夫一起参加一场晚宴，见见他家里人，还有几个他的生意伙伴。我走之前他就一直在谈论这个计划，我知道他对这事特别重视。如果可以，我是乐意帮他一点忙的；如果他能张罗一场国际聚会，如果——我们就直截了当吧——他能够引见几个白人朋友，那么，在他的客户面前，他就更像是个阅历丰富、老于世故的人了。现在机会来了。他的嫂子已经在忙着做菜了，他说。我也想见见她；我挺佩服这些生活在亚洲的移民社群，佩服他们在几种语言之间穿梭的勃勃雄心，佩服他们忍受冷眼和抵制的方式，而且我也想看看她到底更西方化还是更东方化，还是成了另一种风格。“我们得安排好来往交通，”伊甲兹说，“我周四过来，趁你丈夫在家。四点。我得告诉他路怎么走。”我点点头。画地图没什么用。他们没准又会把街道东搬西挪。

十二月八日的会面不太成功。伊甲兹非但迟到，而且似乎对此浑然不觉。我丈夫先是作为一家之主用最简短的方式客套了一下，然后在扶手椅上坐定，就是那把前一阵子差点飘到空中的椅子。他不动声色却颇为警觉，似乎想要趁此机会终结所有的胡思乱想，从家具到客人到任何别的方面。伊甲兹坐在沙发边缘，大腿上洒满他从蜜糖果仁千层酥上剥落的碎屑，手里耍弄着叉子和咖啡杯。等那场晚宴结束之后，他说，几乎在第二天他就要飞到美国出差。“我会经过伦敦。找点乐子。就是放松一下，三四天。”

我丈夫肯定是为了不让自己太无聊，所以开口问他在伦敦是否有朋友。“很老的朋友啦，”伊甲兹一边说，一边把那些碎屑拂到地毯上。“住在特拉法尔加广场。你知道的吧?”

我的心一沉；这是一种实实在在的感觉，那几个月，那段几乎见不到一点自然光的日子已经从我身上剥离，坠落。伊甲兹临走时——他一直在门槛边上徘徊，给出更详细更完美的交通路线指导——我不知道说什么好，只好走进浴室，踢走蟑螂，躲到流淌的温水下面。然后我用一条毛巾裹住全身，躺到床上，四周一团漆黑。我能听见丈夫——我希望是他，不是那把扶手椅——在起居室里来回走动。在那段日子里，有时候我一闭上眼睛，就觉得目光转了个方向，看见自己脑壳里的景象。我能看见自己大脑的两个半球。它们的结构错综复杂，呈灰褐色。

* * *

那套港口边的家庭公寓里充满了烧菜的气味，房间里挤满各种家具。每件家具表面都贴着照片，地毯上叠着地毯。那是个炎热的夜晚，空调机卖力运转，发出干咳的声音，机器往外吐着水，仿佛要把肺里塞满的霉菌孢子和各种致病细菌都咳出来似的。桌布轻软，流苏重垂，我不停地用手指摩挲这些流苏，人造毛的手感，就像泰迪熊的耳朵；这些流苏让我略感放松，但我还是感觉到四周气氛紧张。一位体形肥硕、举止粗鲁的老太太在桌边主持宴会，下巴很长，发出格格咬牙的声音；她活像昆廷·马塞斯的那幅《丑陋的女公爵》[①]，只不过她穿的是一身镶着闪光珠片的纱丽罢了。他嫂子是个聪明而尖刻的女人，不管说什么词儿，一律加上一点嘲讽的调子。我知道为什么；显然，从她那意味深长的眼神里，能看出伊甲兹跟她谈论过我，在某些方面对我颇为推崇；如果他想让我当他的下一任妻子，那我现在的表现也并不比他的原配高明。当她发现我几乎没碰过手边的食物时，她的鄙夷就愈发彻底了；我一直在微笑点头，左推右挡，嘴里嚼一片欧芹叶，小口抿着芬达汽水。我倒是想吃呢，可她哪怕在小餐巾上放两块石头恐怕也比现在好点。伊甲兹是不是像其他沙特人一样，以为西式婚姻形同儿戏？是不是认为西方人只凭心血来潮就能走到一起，然后一时冲动就可以分手？他以为我的丈夫也像他渴望丢下玛丽-贝丝那样，恨不得马上甩掉我？从他的角度看，这一晚过得很糟糕。他告诉我，他本来指望能有两个超市经理来，他们都是有购买力的重要人物；现在晚间祷告已经结束，路上的车辆又动起来了，整条巴勒斯坦路和滨海大道沿线的交通灯都在变绿，从拇指大街到百事立交桥，整座城市都忙忙碌碌，可是他们人在哪里？汗水从他脸上滴下来。手指猛戳电话按键。

① 指佛兰德斯画家昆廷·马塞斯作于1513年左右的讽刺肖像油画《丑陋的女公爵》，画中人物丑陋夸张，这是马塞斯最出名的作品。

“OK，他有事情拖住了？他动身了吗？他现在来了吗？”他放下听筒，凝视着电话机，仿佛希望它能像某种宠物鸟一样，冲着他吱吱喳喳地叫起来。“这里没人把时间当回事，”他讲了一句笑话，拽了一下衣领。他嫂子耸耸肩，嘴唇向下咧了咧。她一刻不停，穿一身桃红色雪纺绸，得意洋洋地在房间里穿来穿去，每回从厨房回来都端来满满一盘菜；在看不见的地方，也许，有哪个浑身油烟的女仆正在哭，眼泪滴到菜盘上。那个沉默不语的老太太占下了桌上的一大半菜，她把那些盘子拖到自己跟前，有计划有步骤地逐一攻克，直到盘子在她孜孜以求的手指底下露出盘底的图案来；你一旦把视线移开，再回头时盘子就已经干干净净。有时候，电话响起来：“OK，他们快到了，”伊甲兹嚷起来。十分钟以后，他的眉头又皱起来。“也许他们迷路了。”

“他们当然是迷路了，”嫂子嘴里哼哼唧唧。她吃吃窃笑，自得其乐。十九课，翻译下列句子：只要他倒着拿地图，就永远也别想找到那栋房子。他们今天早上出发去旅游，但现在还没抵达目的地。看起来，你想到任何地方都没什么希望，这课本承认了这一点。当然，其实我并不是在学阿拉伯语，我没那份耐心；我只是翻翻那些课文，寻找没准我用得上的词汇。那一晚我们待了很久很久，一直等着那两位从未打算现身的客人；末了，伊甲兹倍受打击，一脸阴郁，把我们送到门口。我听到我丈夫深深吸了一口潮湿的空气。“我们再也不用来了，”我安慰他道，在车里，我说，“你得考虑一下他的感受。”没有回答。

十二月十三日：日记里说“黑暗、熨衣服以及下水道气味”弄得我十分压抑。我再也没法放《英雄交响曲》音带了，因为它卡在录音机里绕了几圈。闲暇时我给《雾都孤儿》的前四十章做了综述，帮我楼上的邻居交差。三天以后我“心绪严重紊乱，躁动不安”，读《利特尔顿–哈特–戴维斯书信集》①。那一周的下半周我跟邻居亚什敏一起做过饭。我还记录了“一个下午，充满愈来愈灰暗的痛苦。”伊甲兹还在国外，我发觉当我不用担心门铃响起时，连呼吸都顺畅了一些。十二月十六日，我读《哲学家的小学生》②，还到楼上去看了看我自己的学生。穆尼拉拿了我的四十章综述，一边翻，一边打开电视机。“济贫院是什么地方？”我试图解释英国的济贫法，可她表情呆滞；她从来没听说过贫穷。她大声嚷嚷，喊得震耳欲聋，把她的女佣叫出来，那姑娘——一个精疲力竭的印尼人——领来了穆尼拉的女儿，好转移我的话题。那孩子分量重表情也重，刚刚开始学会用自己的力气走路、跺脚，挥舞着双手想抓住家具。她老是嘴里咕哝着一屁股

---

① 英国文学教师乔治·利特尔顿与其学生、后来成为著名出版商的鲁珀特·哈特–戴维斯之间从1955年到1962年之间的书信，内容广泛，涉及语言及百科知识等，出版后久负盛名。

② 英国作家艾丽丝·默多克写于1983年的小说。

摔倒在地上，然后抓着沙发费力地站起来；垫子从她身边滑走，她向后绊一跤，那个长满瓶塞钻式鬈发的大脑袋磕在地板上，只好躺着哭。穆尼拉冲着她大笑："真是个白皮肤的小黑鬼，是不是？"她的扁平鼻子不是我家传给她的，她解释道。那肥嘟嘟的嘴唇也不是。那是我丈夫家里的问题，不过，当然啦，他们总是怪我。

一九八四年一月二日：我们去了哈立德·宾·瓦利德大街上一家昏暗的小饭店，坐在一座格栅屏风背后的"家庭区"里。那个房间的大部分地盘上都是男人们在吃饭。在外面吃饭更像是一种姿态而非出于喜爱；你得狼吞虎咽地把饭吃完，因为一旦没了酒和与此相关的礼节，根本就没有什么能让速度降下来。那些侍应生根本就不知道男人与女人一起吃饭并不只是为了果腹，让他们引以为豪的是：你刚吃完一份他们就拿走盘子，再砰地扔下另一盘，恨不得马上把你赶回到尘土飞扬的大街上。那蒙着灰尘的橘红色灯光从早到晚都亮着，就像是出现在一部蹩脚的科幻电影里的闪电；街上车辆始终在咆哮，轰隆作响；我越来越害怕交通事故，这里事故经常发生，每次我们在晚上开车出去，我都能看见桥梁和立交桥底部有裂口；在我眼里它们就像是圆形露天剧场，交通意外在这里粉墨登场，火花四溅，最终黯然收场。有时候，我一走出公寓就开始发抖。我觉得这是我吃的药在作祟；剂量又增加了。看到别人的妻子时，我觉得她们好像没这些麻烦。她们谈论着儿童戏水池，还有她们以前在香港住过的日子。她们结伴去露天市场买珠宝，在她们瘦削的、被阳光晒成棕色的胳膊上戴一串叮当作响的镯子，就像是一堆冰块在彼此碰撞。情人节，我们去参加一场奶酪派对；你得想象一下那些好酒。我开心地滔滔不绝；威廉第四街来了一封信，告诉我小说已经卖掉了。我丈夫的老板在他的荷兰球形干酪上插上一根冷餐牙签，赫然出现在我面前："你丈夫告诉我你要出版一本书。那肯定花了他不少钱吧。"

伊甲兹，我猜，还在美国。毕竟，除了生意，他还得解决他的婚姻问题。直到三月十七日圣帕特里克节，他才再度出现在我的日记里。我写道："电话，很不想接。"出于礼貌，我问他生意怎么样；跟以往一样，他闪烁其词。他要跟我讲别的事："我已经摆脱了玛丽-贝丝。她走了。"

"孩子怎么办？"

"萨利姆跟我过。女孩嘛，无所谓。如果她想要，就把她带走好了。"

"伊甲兹，瞧，我得说再见了。我听见门铃响了。"这谎话说得有多傻。

"谁啊？"

天，难道他觉得我能透过墙壁看到外面？我的火气一下子就上来了，压根就忘了门口根本就没人。“没准是我邻居。”我温和地说。

“很快就来见你，”伊甲兹说。

那天晚上，我下定决心，我再也没法忍受了。我觉得哪怕再跟他多喝一杯咖啡，我也没法忍受了。可我想不出办法了结这件事，对此，我给自己找的借口是：我被周遭的社区环境搞得不可救药。我没法自己亲口对伊甲兹摊牌。我身上还是缺乏当面浇他一盆冷水的勇气。可是，只要一想起他，我的心就羞愧地扭作一团，这羞愧既是因为我行事总是那么没有章法，也因为他说过的那些夸张描述他生活经历的可怜的小谎话，还因为我们居然阴差阳错地跌进了这样的境地；我想到他的嫂子，想到她的桃红色雪纺绸和往下撇的嘴唇。

第二天，我丈夫回到家，我让他坐下，主动挑起话题。我要他写信给伊甲兹，请他以后再也不要上门找我了，因为我害怕左邻右舍发觉他常来，会得出什么错误的结论：他应该知道，这样对我们大家都很危险。我丈夫一直听着我把话说完。你没必要写很多，我恳求道，他会懂。我其实应该可以自己解决的，但没人准许我这么做，这超出我的能力，至少看起来是这样。我听见我自己的声音，那么刺耳，那么烦躁；我正在做一件我曾经那么奋力挣扎着想避免的事情，我躲到这把社区风俗的保护伞下面，用一种软弱而可鄙、十足女人气的方式，甩掉了一个我自己亲手制造的问题。

这些我丈夫都看在眼里。可他没说什么。他站起身，去淋浴。他躺在一团漆黑中，木制百叶窗将午后的刺眼光芒一丝不漏地隔绝于室外。我躺在他身边。晚间祷告广播把我从小睡中唤醒。丈夫已经起床写信了。我记得他锁上公文包时发出啪嗒一声响。

我从没问过他在信里写了什么，反正不管写了什么，这一招很管用——没有什么下笔极度克制的便条从门缝里塞进来，也没有一通满怀歉意的电话。只有沉默。日记还在写，但伊甲兹从里面消失了。我读了《被释放的祖克曼》、《现在与过去》和《酒瓶工厂一游》[①]。公司的邮箱不翼而飞，里面的新一批邮件全没了。你通常以为邮箱是一个固定不变的玩意，不会自己由着性子到处流浪，可是，好多天之后，那邮箱找到了，在一个很远的邮局里，我猜，既然家具自己会动，那么邮箱当然也可以。五月十日，我们为一个合同到期便溜之大吉的家伙开了告别派对。“跳舞时摔了一跤，扭伤脚踝。”五月十一日：脚踝绑上绷带，“看电

① 这三部小说的大致情况是：美国作家菲利普·罗斯出版于1981年的《被释放的祖克曼》，英国女作家艾维·康普顿－博耐特出版于1953年的《现在与过去》，以及英国女作家贝丽尔·拜恩布里奇出版于1974年的《酒瓶工厂一游》。

影《德州电锯杀人狂》。”

我在吉达还得待很长时间。后来，我直到一九八六年春天才离开。那时我们已经又搬过两次家，围着这座城市转了一圈，最后落脚在外围，住进高速公路边上的一个大院里。我再也没听说过我那位客人的下落。那个曾经困在阿尔-苏鲁尔街角公寓的女人就像是个跟我有点关系的陌生人，我问自己，她当初到底应该怎么做，到底怎么做才能处理得更好。比如，她应该把那些药都扔掉；如今，不到万不得已人们是不会用这些药的，因为大家都知道它们会让你恐惧、耳聋、恶心。但是伊甲兹呢？她首先就不该把门打开。所谓勇气，最要紧的部分就是判断力；她总是这么说。即便已经过去这么久，还是很难准确地抓住到底发生了什么。我试着把当时的情况写下来，可我发觉自己总是忍不住要把名字改掉，以免触碰那份内疚。我不知道，吉达是不是让我在某些事情上永远处于失衡状态，永远偏离垂直，惩罚我永远把生活看歪。我永远也拿不准，门能不能一直关好，一直固定在铰链上，我也不知道，入夜，在我关掉灯以后，房子是不是能保持安静，那些家具会不会在黑暗中嬉闹玩耍。

（2009年发表于《伦敦书评》）

逗号

此刻，玛丽·乔普林就浮现在我眼前，她双膝分开，蹲在灌木丛里，棉布连衣裙铺展在大腿上。在最炎热的夏天（那年正是如此），玛丽会流鼻涕，她总是若有所思地用手背揉揉翘鼻子的鼻尖，然后细看手背上留下的那道亮闪闪的犹如蜗牛爬过的痕迹。我们蹲着，两个人都蹲着，深陷在齐耳高的、让人发痒的草丛里：随着仲夏渐逝，这些草从让人发痒发展成刺痒难熬，在我们裸露的腿上刻出白线，看起来就像一个原始部落搞的艺术。有时候我们会一道站起来，仿佛被看不见的线牵引。拨开一片片粗糙的杂草，我们向前，离那个我们知道正在去、也知道我们不该去的地方又靠近了一点。接着，仿佛接收到某个预先设定的信号，我们又突然蹲下来，这样一来，如果上帝正在俯视这片田野，就看不清我们了。

我们埋在草丛中说话：当时我八岁，寡言少语，满怀戒心，穿着黑白格子短裤——去年穿正好，可现在显得太短了；玛丽的胳膊骨瘦如柴，膝盖就像两只骨头做的茶托，腿上青一块紫一块，喜欢吃吃窃笑，说话喋喋不休，不时轻蔑地哼上两声。也不晓得是谁的手——没准是她自己的手，在她的鼠尾辫上绑一根扭绞过的白丝带；时至午后，丝带斜到一边，她的脑袋看上去就像是一个胡乱捆扎的包裹。玛丽·乔普林向我发问："你算有钱人吗？"

我吓了一跳。"我想我不是。我们得算中不溜儿。你算有钱人吗？"

她沉吟片刻。她朝我微笑，好像这么一来我们就成了一路人。"我们也得算中不溜儿。"

贫穷意味着仰视别人的蓝眼睛和一只行乞碗。一个等待别人施舍的孩子。你的衣服上会打满五颜六色的补丁。在童话绘本里，你会住在树林里，头顶上是滴水的山墙，屋顶用茅草堆成。你会有一只篮子，上面盖着一块镶拼织布，你得挎着这篮子冒着危险出门去看你的外婆。你的房子是用蛋糕做的。

我去看外婆时是空着手的，他们送我去只是为了陪陪她。我不知道这算是什么意思。有时候我会一直盯着墙看，直到她打发我回家。有时候她让我剥豌豆。有时候她叫我端着毛线让她缠。她会突然停下来，叫我注意不要让手腕垂下来。我说我烦了，她说我才不懂这个词儿是什么意思呢。她要让我看看什么叫烦，她说。她咕哝个不停：烦，我要让她看看什么叫烦，我要好好扇她一顿，扇到她烦为止。

我的手腕之所以垂下来，之所以会走神，是因为我想到了玛丽·乔普林。我知道不能提她的名字，而且因为不能提她，我倍受压力，以至于在我的想象中，她瘦小而扁平，弱不禁风，饿得不成样子，成了她自己的一道影子，以至于我再也拿不准，当我不在她身边时她是否还存在。然而，第二天，在早晨的第一道炫目的阳光下，我站在门口，总能看见玛丽斜靠着对面的房子，傻笑着，手伸到裙子下面挠痒，她还会冲着我吐舌头，直到露出舌根。

如果我妈往外面看一眼，她也会看见她的；也可能看不见。

那些午后的日子嘈杂喧闹，教人犯困，我们看似四处闲逛，其实有个隐蔽的目标，我们在一步步靠近哈瑟维家的宅子。我那时并没这么叫它，而且直到那年夏天我才知道它的存在；似乎这个地方是在我从童年步入少年的过程中渐渐真实起来的，与此同时，我们的边界逐渐向外扩张，我们从乡村的中心向边缘游荡。玛丽在我之前就发现了它。它兀自独立，没有别的房子与其毗邻，而且我们知道，毫无争议，这是有钱人的房子：用石头筑造，有座高高的圆塔，被花园簇拥着，花园外面有围墙，不过墙没有高到我们爬不上去的地步。我们轻轻地跳下来，落在围墙里面的灌木丛里。在那里，我们看见这座花园的花坛，玫瑰已经在枝头枯萎，变成一团团深棕色。草坪晒得焦黄。落地窗闪着光。在我们翻墙的那一侧，有一座游廊——也可能叫凉廊或者露台——环抱着这栋房子；我不知道该用什么词，问玛丽也没用。

刚才我们在田野上漫步时，她快活地说，“我爸说，你真是死笨死笨啊，玛丽，你知道不？他说，他们刚把你给造出来，亲爱的，就把那该死的模子毁掉了。他说，玛丽，你根本认不清黑白，分不出好歹。”

去哈瑟维家的第一天，我们整个身体都躲进灌木丛中，等着有钱人从那些亮闪闪的、也能当门用的落地窗里走出来；我们等着看他们会干什么。玛丽·乔普林对我轻声说，“你妈不会知道你在哪里。”

“呃，你妈也不知道。”

午后时光一点点过去，玛丽把自己那块地方弄得像一个洼地或者鸟窝。她舒舒服服地在一丛灌木底下安顿下来。“早知道这么无聊，”我说，“我就把我从图书馆借的书带过来啦。”

玛丽捻着草茎，有时候哼哼两句。“我爸说，小心点，玛丽，要不你就只能去感化院了。”

“那是什么？”

“在那里，他们每天都会揍你。”

“你干什么了？”

“没什么，他们反正要揍你。”

我耸耸肩。这事听起来可能性很大。“他们周末揍你吗？还是只在上学的时候揍你？”

我昏昏欲睡。我几乎懒得关心答案。“你排着队，”玛丽说，“轮到你的时候……”玛丽手里握着一根小棍子，她把棍子戳进泥地里，一圈一圈越钻越深。“轮到你的时候，吉蒂，他们有一根大棍子，把你打得屁滚尿流。把你脑袋砸开，脑浆喷出来。”

我们的对话继续不下去了：我这边对这话题没什么兴趣。恰巧我那两条一直盘在身下的腿开始发痛、抽筋。我烦躁地挪动位置，冲着那栋房子点点头。“我们得等多久？”

玛丽哼哼唧唧，用小棍子挖个不停。

“把你双腿并拢，玛丽，”我说。“这种坐相很粗野。”

“听着，”她说，“像你这样的小屁孩还睡在床上的时候我就来过这里啦。他们在那房子里有点什么玩意，我都见过。”

我一激灵。“他们有什么？”

“那种玩意你都不知道用什么词儿来形容，”玛丽·乔普林说。

“哪种玩意啊？”

“裹在一条毯子里。”

“是个动物吗？”

玛丽嘲笑我。“动物，她说是动物。什么动物会裹在毯子里？”

“你可以把一条狗裹进毯子里的。假如它看起来病怏怏的话。”

我觉得这话在理；我想争下去；我的脸在发热。“不是狗，不是，不是，不是。”玛丽拖着长音说，不肯把她的秘密告诉我。“因为有胳膊。”

“那就是人。”

“可那又不是人的形状。”

我绝望了。“那是什么形状？”

玛丽想了想。“一个逗号，”她慢吞吞地说，“一个逗号，就是你在书上看到的那种，你懂吗？”

她就此打住，不肯再细说了。“你只要等下去就行了，”她说，“如果你想看，如果你真想看，就等吧，如果你不是真的想看，那就走，那就看不到喽，我一个人看。”

过了一会儿，我说，“我不能整晚上守在这里等一个逗号。我已经错过茶点啦。”

“他们才不会在乎这个呢，”玛丽说。

她说得对。那天我慢吞吞地回到家，没人数落我。那样一个夏天，捱到七月末时已经把大人们的意志全给耗尽了。我妈看到我，眼神呆滞，就好像只要我一出现，就意味着她得付出额外的力气。你身上溅到黑醋栗汁，你身上黏糊糊的东一块西一块。你的脚很脏，窝在灌木丛和高高的草丛里时还把脸弄得污迹斑斑。每天的太阳都跟小孩子画的太阳一模一样，挂在被热气漂白的天空中，熊熊燃烧。洗完的衣服挂在晾衣绳上，就像是打着旗子投降。日光徘徊不去，潜入傍晚，直到露水伴着空洞的黄昏降临才离开。末了，你给人唤回家，坐在电灯底下，把晒焦的皮搓成一卷卷、一条条蜕下来。在你四肢的骨肉深处，有一种麻木而炙热的感觉，但当你像剥一种蔬菜那样给自己剥皮的时候，倒没什么感觉。你开始犯困，给人送上床，可是热烘烘的床单惹恼了你的皮肤，于是你又醒过来。你醒着，躺着，指甲在被虫咬过的肿块上来回滚。当你蹲在高高的草丛里，瞅准时机准备翻墙的时候，有什么东西咬过你；叮你咬你的还有别的，没准就是你在灌木丛里等待、窥测的时候。在那个短短的夜晚，你的心一直在兴奋地跳。直到第一道曙光亮起，才有了一丝凉意，空气清澈如水。

在如此清澈的曙光中，你逛进厨房，开口说话，一副漫不经心的样子，“你们知道有栋房子的吧，比公墓更远点，有钱人住的？那里还有温室呢。”

当时碰巧我阿姨在厨房里。她正在往一只碟子上倒玉米片，一抬头，玉米片就溢了出来。她朝我妈瞥了一眼，只消眼皮一眨、嘴角一咧，就有什么秘密在她们之间传了一个来回。“她是说哈瑟维家，”我妈说。“这事就别跟人提啦，”她的声调近乎哄骗。“本来已经够糟糕了，何况小姑娘再来嚼舌头呢。”

“到底什么糟糕……”我刚问了个开头，我妈就像煤气喷嘴那样突然冒出火焰来：“你去的就是那里吗？但愿你不是跟玛丽·乔普林一块去的。因为只要让我看到你跟玛丽·乔普林玩儿，我就活剥了你的皮。你给我听清楚，我说到做到。”

“我没跟玛丽一起玩，”我飞快而流利地撒了个谎。“玛丽病了。”

“什么病？”

我一把抓住浮现在脑海里的第一个词。“皮癣。”

阿姨笑着在鼻子里哼了一声。

“疥疮。虱卵。虱子。跳蚤。”如同编织一幅美妙的刺绣，她乐在其中。

“这些玩意一点儿都不会让我吃惊，”阿姨说。“希拉·乔普林这辈子但凡能有一天把这小荡妇留在家里，我才会吃惊。我跟你说，他们活得就跟动物似的。他们连床铺都没有，你知道吗？”

“至少动物还会离开家到别处去，”我妈说。“乔普林家从来不走。他们就是越生越多，挤做一堆，像猪一样打来打去。”

“猪会打架吗？”我说。可她们没理我。她们在反复絮叨一件很有名的事，那时候我还没出生。有个女人出于同情给乔普林太太拿来一锅炖菜，乔普林太太并没有照着俗礼来一句“不啦谢谢”，而是往锅里啐了一口唾沫。

回味着那位送炖菜的女人该有多么痛苦，阿姨不由得涨红了脸；这故事常讲常新，她就像从来没有说过似的。我妈插进来，应和着，吟唱着，调子渐渐下沉，她用一句话替这个故事结尾：“于是，她把什么都毁了，既毁了那个做菜的可怜人，也毁了那些本来可能想跟在后面吃上几口的可怜人。”

阿门。一曲告终，我立马开溜。仿佛有人按动了开关，玛丽就站在人行道上，扫视天空，等着我。

“你吃过早饭吗？”她问我。

“没。”

没有必要追问玛丽有没有吃过。“我带了钱，可以买太妃糖。”我说。

如果不是这个关于希拉·乔普林和炖菜的故事经久不衰，后来回想起来，我会觉得自己曾经梦到过玛丽。可是他们至今都在村子里讲这个故事，边说边笑；口气倒是松动了一些，不像原先那么满怀憎厌。时间能对我们起到这样的作用，真是一件好事。如同满怀悲悯地洒下缕缕仙尘。

那天早上溜出家门前，我站在厨房的门框里，转过身，“玛丽生了蝇蛆病，”我说，“她身上有蛆虫。”

阿姨放声大笑。

八月来了，我记得壁炉空空如也，柏油在路上沸腾，灭蝇条——上了釉一般的黄色，粘满猎物——有气无力地挂在街角商店的橱窗里。每天下午都有雷声从远方传来，我妈就会说，“明儿天就要漏了，”就好像夏天是一只裂开的碗，我们就给罩在碗下面。可天就是不漏。被热浪打蔫的鸽子一步一拖地走过大街。我妈和阿姨都说“喝茶自然凉”，这话显然不对，但她们抱着无可救药的信仰，愣是一加仑一加仑地灌。“这是我惟一的乐趣了，”我妈说。她们摊手摊脚地躺在折叠椅上，伸出白花花的腿。她们手里都有烟，像男人那样把烟捏在拳头里，烟雾从指缝间飘出来。人们不会注意你几时进来几时出去。你没胃口吃东西；你从店里买根冰棍：冰箱的马达在嘎嘎作响。

我记不清我和玛丽·乔普林如何辛苦跋涉，不过，不管我们在哈瑟维家的宅子附近走怎样的路线，每次铁定在五点前结束。在翻墙之前，我把额头抵在凉丝丝的石墙上，那感觉我记得。我记得凉鞋里的细沙砾，记得我怎么把鞋子倒空，可是很快就又装满，砂砾嵌进脚掌里。我记得，当我们把灌木林当成掩体躲进去，那些叶子的质地就像皮革，我记得它们犹如戴着长手套的手指，怎样轻柔地在我脸上探索。玛丽的话在我耳边嗡嗡响：我爸怎么说，我妈怎么说……总是在黄昏，她发誓，或者在黎明，那个逗号——她发誓说那是人——才会现身。那年夏天，无论何时，只要我试着读一本书，那些印刷字体就会一团模糊。我的思绪飞越田野，我的思绪抚摸着玛丽的身形，她咧开微笑的嘴，她脏兮兮的脸，还有她那件在胸口上扬起的衬衫——露出斑斑驳驳的肋骨。她似乎浑身布满阴影，在不该暴露的地方暴露，但是如果你碰碰她，她会突然拽下袖子，躲开你，如果你用手肘轻轻摇她，她会绷起脸，一副畏畏缩缩的样子。她说来说去都是那个无聊的话题，挨个数哪些厄运会落到你头上：挨揍，挨掐，挨批。我满脑子想的都是她打算带我看的东西。我事先也有防备，怕万一有人看见我在田野里窜来窜去。我出门打标点呢，我会说。我出门打标点，找一个逗号。就我一个人，跟玛丽·乔普林一点关系都没有。

所以那天我躲在灌木丛里肯定是待到很晚，因为当时我昏昏欲睡，一个劲打盹。玛丽用手肘撞我；我给猛地惊醒，只觉得口干舌燥，要不是她的手一把捂住我的嘴，我肯定喊出了声。“看哪。”太阳落下去了一点，空气不冷不热。那栋房子里，比几扇落地窗更远的地方有一盏灯亮了。一扇窗打开，我们看着，先是开半扇，停一会，再开另半扇。有什么东西在动，浮现在我们的视野里：那是一把带轮子的长椅，有位太太在推。轮子在石板上行动自如，很轻巧，吸引我注意的是那位太太；椅子上躺着的似乎只是一团漆黑，裹着布，吸引我目光的是夫人身上穿的那件线条挺括的印花连衣裙，还有她那烫着优雅发型的脑袋；我们靠得不够近，闻不到她身上的气味，可我能想象她应该喷着香水，古龙水。屋里的灯光似乎在跟她一起舞蹈，那么轻松愉悦，一直照到露台上。她的嘴在动；她在对着她正在推的那一捆毫无生气的东西说话、微笑。她放下椅子，小心调整位置，好像是按着哪个她熟知的记号。她扫视四周，让脸颊正好迎着那柔和甜美、渐渐减弱的灯光，然后弯下腰，小心翼翼地在那“一捆”的脑袋上又盖上一层，不是被单就是围巾——在这样的天气？

“瞧她是怎么裹住它的，”玛丽冲着我做口形。

我看见了；也看见了玛丽脸上的表情，既渴望又迷惘，两者交织在一起。末了，那位太太拍拍那些毯子，然后转过身，我们听着她的高跟鞋在石板路上咔哒咔哒响，看着她穿过法式落地窗，融入灯光中。

“想办法往里面看吧。往上跳一跳，”我怂恿玛丽。她个子比我高。她跳起来，一次，两次，三次，每回都嘴里咕哝着重重地落下来；我们想知道这房子里有什么。玛丽晃着晃着停下来；她又回到双膝跪下的姿势；我们将就着能看多少是多少吧；我们细细打量那“一捆”，它就摆在我们面前。它覆盖在毯子底下的形状似乎在波动；它那被围巾包裹的头颅很大，耷拉着。像逗号，她说得对：它的身躯像波浪一样蠕动，它的脑袋懒懒地倚靠在身体上。

“发点声音出来，玛丽，”我说。

“我不敢，”她说。

因此，从灌木丛的安全地带里站起来学狗叫的那个人是我。我看见耷拉的脑袋转过来，可我看不见脸；接着，露台上人影摇曳，从两个种着蕨类植物的瓷罐之间，那位穿着印花裙的太太走出来，手搭凉棚，朝我们的方向直视，但没看见我们。她冲着那一捆——那个长长的蚕茧——弯下腰说话；她抬头瞥一眼，好像在估算落日的角度；她后退一步，把手搁在轮椅扶手上；她轻轻一摇，轮椅就动起来，往后一拉，调整好角度再停下来，让那逗号的脸正好能被最后一抹夕照温暖；同时，她又弯下腰轻声慢语，把围巾往下拉了拉。

于是我们看见——什么也没有；我们看见的是某种尚未完成的东西；我们看见的，不是一张脸，而是——后来回想起来，我觉得那也许是一个准备塑造脸的位置，还在谋划中，也许是一个粗略想象的脸部轮廓，就好像是上帝在尝试创造我们的时候想到的那样；我们看见一片空白，我们看见一个球面，没有容貌，没有意义，似乎所有的肉都脱离骨架溜走了。我举起一只手捂住嘴，畏畏缩缩，腿一软就跪了下来。“安静点，你。”玛丽冲着我挥起了拳头。她打得我好痛。一拳头下来，不由自主地，眼泪猛地冲上来，涌到我的眼眶。

可是，我把眼泪一擦掉就赶忙站起身——因为好奇心就像一枚鱼钩，直穿过我的肠子——看见逗号一个人待在露台上。那位太太又回到屋子里。我轻声问玛丽，“这玩意能说话吗？”我懂了，现在完全懂了，我妈说这家有钱人“本来已经够糟糕了”是什么意思。他们得照看这样的可怜虫！得善待这个逗号，得把它用毯子裹起来……玛丽说，“我得朝它扔块石头，这样我们就可以看看它能不能说话了。”

她一只手滑进口袋，再伸出来时捏着一块硕大而光滑的鹅卵石，就好像是刚刚从海滩上、从河岸上捡来似的。她不是在这里现找的，所以一定是来的时候就做好了准备。我乐意这么想：我当时伸出手拽住她的手腕，还说，“玛丽……”然而，也许当时并非如此。她从躲藏的地方站起来，喊了一嗓子，同时扔出鹅卵石。她瞄得挺准，几乎精准。我们听到石头砰的一声从轮椅边上掉下来，同时响起一声低低的叫喊，不像人类的嗓音，像别的什么东西。

“我他妈的打中了，”玛丽说。一时间，她站起来的身影显得那么高，那么闪闪发亮。接着，她一猫腰，猛然蹲下，在我旁边窸窣作响。向晚时分，露台上的剪影原本宁静安详，突然被搅乱，四分五裂。那位太太快步过来，从房子背后的花园在露台上投下的高大的拱形阴影中飞奔出来，身后是那些门和格栅的阴影，还有那满是枯玫瑰的玫瑰亭。此刻，她印在裙子上的深色花朵仿佛被风吹落了花瓣，如鲜血般溅入夜色里。她朝着轮椅小跑两步，僵了一秒钟，手慌乱地抚摸着逗号的脑袋；接着，她飞快地把头转回去，冲着屋里大喊，她的嗓音异常尖利，“去拿个手电筒来！”这份尖利让我大吃一惊，因为我本来以为，这样的嗓子只会轻柔低语，像鸽子那样咕咕叫；然后，她又转过来，在我们逃走之前，我看到的最后一幕是她弯下腰看着逗号，把围巾裹在那悲伤的头颅四周，动作如此温柔。

九月，玛丽没来上学。我本来以为能跟她同班，因为我升级了，尽管玛丽已经十岁，但大家都知道她从来不会升级，一直陷在原地。我没跟家里人打听她，一来是阳光渐弱、初冬将至，如今我的皮肤把我包裹得严严实实，我知道此时要是给“活剥了皮”，那会痛得不行；二来，我妈——如她所言——确实是个“说到做到”的女人。如果你的皮给剥掉了，我想，至少他们会照看你。他们会把你裹在毯子里，放在露台上哄你，会轻声跟你说话，把你侧转过来对着阳光。我记得玛丽脸上闪现的渴望，我多少能理解一点，但也只是一点而已。那年你八岁，玛丽·乔普林十岁，如果那会儿你花上大把时间，只为了弄明白到底发生了什么事，那就等于把你的大好年华浪费在编织那种带刺的铁丝网上。

那个秋天，有个比我大的女孩告诉我，“她去了另一所学校。”

“去感化？”

“什么？”

“去的是感化院吗？”

“不是，她去的是弱智学校。”女孩流着口水伸出舌头，慢吞吞地从这边舔到那边。“你知道吗？”

“他们天天挨揍吗？”

那大女孩咧开嘴笑了。“如果他们犯得着打人的话。我估计他们会把她的头剃光。她的头皮会发麻。”

我伸出一只手碰碰自己的头发，想象如果头发没了会是什么感觉，想象那份刺骨的寒意，我的耳边嗤嗤轻响，如同羊毛摩擦的低语；一条围巾裹在我脑袋周围，一种宛若羔毛般柔软的质地：一件被遗忘的事情。

* * *

事情想必已经过去二十五年了。也可能是三十年。我不常回首往事：难道你会？我在街上看见她，她正在推一辆童车，里面没有婴儿，而是搁了一个大袋子，袋子里塞满脏衣服，多得露出来：一件沾上了一点吐渍的婴儿T恤衫，类似于运动装袖口的东西仿佛在缓缓蠕动，还有脏床单的一角。我顿时想到，好吧，这一幕倒是颇为悦目呢，她成了那类常常跑自助洗衣店的人！我一定要告诉我妈，我想。她会说，奇迹从来不会停止发生。

可我到底忍不住。我紧紧跟上她，然后说，“是玛丽·乔普林？”

她拽了一下童车，靠近自己，像要保护它似的，然后才转过来：只是把头转过来，视线越过肩膀，缓缓移动，小心翼翼。她的脸，三十出头的样子，却已经开始变得模模糊糊，像蜡做的：仿佛在等着有人捏一记、拧一下，才能成型。我脑子里闪过一个念头，若想在此刻一眼就认得出她，你以前必须跟她混得很熟才行，你得跟她一连待过好几个钟头，从侧面观察过她。玛丽的皮肤似乎松弛下垂，眼神里看不出多少内容。也许，我在期待一个停顿，一个连字符，一个空格，这样也许就能引出一个问题……是你吗，吉蒂？她对着童车俯下身，拍拍那堆脏衣服，好像在安慰它。然后她又朝我转回来，给我一个空洞的默认：只点了一下头，一个句号。

（2010年首发于《卫报》，入选Salt Publishing的《2011年度英国最佳短篇》）

长QT综合征

他的婚姻在四十五岁断然结束，那是一个温煦的秋日，适合户外烧烤的天气将近尾声。那天的事情没有一件是他事先筹划的，没一件是他故意的，不过事后看来，当时那场灾难的每一个要素倒是都到位了。最要紧的是，罗琳到位了，她站在宛若一座巨大洞穴的美式冰箱旁，涂过指甲油的指尖摩挲着冰箱的拉丝不锈钢门。“你有没有钻进去过？”她说。“我是说，碰上热得要命的天气？”

“那可不安全，”他说，“门会一下子关死的。”

“乔迪会想你的。她会放你出来。”

“乔迪才不会想我。”他把话说出口，才明白这话意味着什么。“更何况，”他说，“天也没热到那地步。”

“没有吗？”她说。“可惜。”她舒展肢体，亲吻他的嘴唇。

她的酒杯还攥在手里，他感觉到它从他的后颈上滑过，冰凉而潮湿，沿着脊柱往下爬。他一把揽住她：这个动作满含感激，他的两只手都在她臀部周围游移。她耳语了一句，伸长胳膊放下杯子，然后把所有的注意力都集中到他身上，张开她的嘴迎向他。

他一向知道她单身。只是他刚才没有在这个温暖的午后发现她孤身一人，她本来清醒得很，喝下三杯葡萄牙绿酒之后脸上便有点儿泛红。罗琳平时从来不会落单，因为她那样的人，走到哪里都喜欢跟一群姑娘混在一起。她身材浑圆，生性和蔼，街坊四邻觉得她不难相处，很容易就会喜欢上她。她爱说两句俏皮话，比如，“别人管你叫乳蛋饼，这事儿可真够惨的。”她身上很好闻，都是厨房里的气味：梅子，香草，巧克力。

他放开她，手一松就听到她纤细的鞋跟咔哒一声落回到地板上。“瞧你这个小娃娃，”他说。他挺直身板。他能够想象出自己垂下视线凝视她时脸上流露的表情：好奇，温和，开心；他简直都要认不出自己了。她的眼睛还闭着。她想等他再来亲她。这一回他用更优雅的姿势抱她，双手搭在她腰上，她踮起脚尖，舌头在他的舌头上颤动。慢一点，松弛一点，他想。不要急吼吼。然而，紧接着，他的手像蛇一样粗鲁地在她背上乱爬，好像这双手刹那间就有了自己的意志。他摸到了她的乳罩肩带。可是，一阵纠结、一丝胆怯涌来，告诉他不能是现在，不能在这里。那么去哪里？他们几乎不可能推开一众宾客，一起跑到楼上去。

他知道乔迪正在这栋房子里跑来跑去。他知道——后来他也确认了这一点——她可能在任何时候撞进来。她不喜欢那种开门式派对，客人在室内与花园之间穿梭自如。陌生人没准会进来，还有黄蜂。站在门槛上，夹一根点燃的香烟，漫无边际地聊天，这样实在太轻松了。你站着就可能被小偷光顾。她忙着收酒杯，在她自己的那几拨客人里挤进挤出，这些客人都在欢笑着把手机传来传去，都在——看在基督的分上——努力放松心情，享受这个夜晚。为了对她表示感谢，人们赶快喝下杯子里剩下的那几口，然后递过去。要不然她就会说，“不好意思，你喝完了吗?”有时候他们还会善解人意地把杯子叠成一小堆再给她，说，“给你，乔迪。”他们朝她微笑，像是在宠着她，觉得这么做是在成全她的爱好。你会目送着她躲进她自己的小世界，背对所有人，专心往洗碗机里塞东西。没等派对开满一小时，她就洗好了一轮，这一点大家并不是不知道。黄昏散尽，随之而来的就是这样的时光：太太们多愁善感，先生们夸夸其谈、寻衅好斗，说到私立学校、树根培育和停车证之类的话题，就会有人争执起来；然后嘛，她说，周围的玻璃杯越少越好。他说，你这话听起来就像是酒吧斗殴会发生在私家宅院里似的。他说，看在上帝的分上，女人，把那罐杀黄蜂的喷雾剂放下来吧。

他一边任凭这些念头闪过，一边在罗琳身上又是啃又是咬。

她用鼻子蹭他，解开他的衬衫纽扣，一只手在他温暖的胸口摩挲，经过心脏部位时手指逗留了一会儿。如果乔迪真的闯进来，他会心平气和地请她不要把事情闹大，要她深呼吸，像法国人那样处理这件事。然后，等人们各自回家，他就可以摊牌了；也到了她应该放松统治的时候啦。他是个正值巅峰期的男人，总得尝到点成功的甜头吧。他靠一己之力，凭着自己在工作中积极上进，就让他们买得起手工打造的厨房家具。如今他赚的钱远远超过了她的期望值，再加上他精明能干，几乎在该死的经济衰退中毫发无伤：在他们这块地方，还有谁敢说这样的话？更何况，他也想好了，得公平一点。“这不是一条单行道，”他会跟她说。她是一个自由人，跟他一样。她没准自己也想冒个险呢。如果她能搞到一次的话。

他垂下头，对罗琳耳语：“我们什么时候上床？”

她说，“下周二怎么样？”

他太太就是在这时候进来的，在门口停了一下。她赤裸的胳膊像两根垂下的茎，玻璃杯像果实那样悬在她的指尖上。罗琳正靠在他胸口灼热地呼吸，不过她一定是感觉到了他的紧张。她想抽身，喃喃地说：“哦，你这坏蛋，乔迪来了，跳到冰箱里去吧。”他不舍得跟她分开；他拉住她的手肘，目光越过罗琳毛茸茸的脑袋，瞪大眼睛看着他的妻子。

乔迪又朝厨房里迈了一两步。可她收住脚步，双眼凝视他们俩，好像僵住了。空中叮当一声轻响，那些杯子在她指间打颤。她没说话。她的嘴作势要说话，却只发出了一声尖叫。

接着她的两只手都松开了。杯子砸在石灰岩地面上，炸裂。杯子的坠落，另一个女人的叫声，还有碎裂的一刹那她脚边闪烁的亮光：这些似乎让乔迪受到了惊吓，随即做出反应。她先是轻声咕哝了一句，接着大口喘气，伸出右手——现在手里没有东西了——按在厨房里的石板操作台上，然后她腿一软跪下来。“小心！”他说。她顺势跌进那一堆碎片里，动作流畅得就好像这是一叠绸缎，一堆白雪。石灰岩在她身边闪光，如同一片冰原，每个碎片都在边缘鼓起，每一片都带着暗纹，像呼吸般似有若无。她鼻子里哼了一声。她似乎很晕，有脑震荡迹象，好像刚刚用脑袋砸穿了镜子。她伸出左手，手被划破了，像一口井一样往外冒血，血形成一股股支流，流到手掌上。她只是瞥了一眼，几乎漫不经心，发出类似于恶心反胃的声响。她猛地抬起身子，重新站起来。然后她往身体一侧倒下去，张开嘴。

为了扶住她，他踩上玻璃，像碾碎几块冰。他想，得抓住这机会抽她一顿，谁让她装模作样吓唬他。然而，当他去拽她的胳膊时，却发现胳膊孱弱而沉重，当他大声喊“万能的基督，乔迪！”时，她身体并没有往后缩，当他把她的脑袋猛地扳过来好看清她的脸时，她的目光已经呆滞了。

后来需要重述这个夜晚发生的事件时，他觉得当时情形好像就是这样。他想靠在救护车人员的肩膀上哭一场，说，只不过出于好奇，出于那么一点淡淡的欲望，再加上某种孩子气的叛逆心，事情就这么发生了，一股脑儿摆在我面前，你明白我在说什么吗？他说，我想让她像法国人那样处理这件事。她未必会那么做，可我也没想到她会这么摔下来啊……我是说，这事搁在你身上会怎么办？你能想象会出这样的事吗？跪下来，跪在玻璃上。

头一两天他思维混乱。可是没人关心他的精神状况；假如他是用某种更明显的方式要了他老婆的命，且因此被捕，那他们当然会更关心一点。等他们觉得他应该能够接受的时候，有个医生就跟他解释了一通。长QT综合征。一种心脏电活性紊乱现象，导致心律不齐，进而在某些情况下引发心脏骤停。遗传的，也许。在人群中大规模普查是诊断不出来的。如果发现得早，我们这些医生可以采取各种措施：起搏器，β-受体阻滞药。不过，如果出现的第一个症状就是猝死，那谁都无计可施啦。有可能是受惊，他说，或者强烈的情感冲击，任何强烈的情感。可能是恐惧。或者憎恶。不过，话说回来，也不一定。有时候，他说，人们笑着笑着也会死。

（2012年发表于《卫报》）

寒　假

他们抵达目的地时，根本认不出自己的名字。出租车司机挥舞着牌子，他们瞪着那行字来来回回看，直到菲尔指着它说，“就是我们。”他们的姓氏的那个T给磨出了小尖角，i上的那一点像一座小岛一样漂走了。她揉搓着自己的脸颊，它被一阵从座位上的通风口吹来的风冻僵了；她觉得身体的其余部分都皱了起来，灰头土脸。菲尔一边朝着那个男人匆匆赶过去，一边挥手，她把T恤衫束进裤腰的部分拽出来，跟在他身后蹒跚而行。我们自己喜欢什么样的天气，就穿什么样的衣服，就好像穿衣服就是为了羞辱天气似的，尽管我们也看过天气预报。

司机抬起他那只毛茸茸的手，霸气地按在他们的行李搬运车上。他矮矮胖胖，蓄着家常胡须，穿着一件斜纹布拉链夹克衫，里面隐约露出格子呢衬里；好像在说，忘了你们那些阳光灿烂的幻觉吧。飞机晚点，天都已经黑了。他猛地替她打开一扇后车门，把他们的包裹堆到他的客货两用车上。“路很长，”他就说了这么一句。

“是啊，不过车钱已经预付啦，”菲尔说。

司机猛地坐下来，座椅发出皮革吱吱嘎嘎的声响。他砰地关上车门，整辆车都抖了一下。前座上的弹性靠枕被人拽了下来，所以当他扭过身子倒车时，他一甩胳膊揽住两个椅背，目光越过她，他跟她的脸只相隔一英寸，却对她视而不见，而她则借着停车场炫目的车灯光，细细打量他的鼻毛。“坐直，亲爱的，”菲尔对她说，“系上安全带。我们要开动了。”

他这种脾气是多么适合当爸爸呀。乖宝宝爬起来就没事啦。就这样，就这样。不会受伤的。

可是菲尔并不这么想。他从来不这么想。他宁愿在一个学期里能趁着寒假出门，这时候酒店价格会低一点。好几年了，他老是把报纸递给她，特意折到那些报道，说现在把孩子养到十八岁以前就要花掉一百万英镑。“你要是看到这种阵势，”他说，“会多害怕啊。人们还以为自己不会沦落到穿二手衣服的地步呢。还有那种半份包装的东西。事情可不是这样的。”

“不过我们的孩子不会染上毒瘾，”她说，“不会坏到那种程度。当然去伊顿是轮不上。可能会落到‘希尔赛德综合中学’。不过，我听说那里的学生头上长虱子。”

“你不会乐意对付虱子吧，是不是？”他说。他终于甩出了王牌。

他们缓缓驶过市中心，人行道上熙熙攘攘，廉价酒吧的招牌闪个不停，正如她所料，菲尔说，“我想我们做了个正确的决定。”眼前还有一小时的车程，他们加速驶过杂蔓丛生的郊区；路开始向上攀升。她发觉司机并不想说话，于是整个人都松弛下来，往后靠在座椅上。出租车司机分两种：一种人爱唠叨，通常有个侄子在达格南，他们在开往远方的海岸和国家公园的路上喋喋不休；另一种人，每个字儿你都得从他嘴里撬出来，他们可不想告诉你侄子住在哪里，说话就跟受刑差不多。她说了一两句旅客们常用的寒暄：这里天气怎么样？“下雨。我得抽根烟，”那人说。他从盒里抽出一根烟直接塞进嘴里，一度双手完全脱开方向盘，用打火机点烟。他开得飞快，每转一个弯都像是在羞辱别人，不管是什么挡了他的道，都要发火。她能感觉到菲尔积攒了一肚子意见，咬紧牙关没说出来：这样搞对变速箱一点好处都没有，不是吗？起初，几辆车在他们身边驶过，缓缓驶往市区的万家灯火。接着，身边的车辆越来越少。路越来越窄，沉默的黑色山峦往他们身后退去。菲尔开始跟她聊马基群落[①]的植被和动物。

她只好凭空想象脚下的草木散发出阵阵香气。车窗密闭，将静谧而冷冽的夜关在外面，她故意把头转开，不看她丈夫，然后

① 马基群落是硬叶和石南状叶以及帚状型植物组成的常绿灌木和矮乔木的密灌丛，高约1.5—2.5米，分布于整个地中海地区。

往车窗哈气，于是玻璃上便起了一层雾。马基群落里的动物大半是山羊。山羊从山坡上滚下来，石头在它们身后如瀑而下。山羊跳过车道，孩子们尾随着它们奔跑。山羊身上斑斑点点，颜色芜杂，它们行动敏捷，粗枝大叶。有时候，会看到一只眼睛在车头灯光中闪烁，鬼鬼祟祟的。她拽了一下安全带，不让它卡在喉咙口上来回磨。她闭上眼睛。

在希思罗机场安检时菲尔很难缠。排在他们前面的小伙子费力地解着登山靴的鞋带，菲尔大声说，“他知道他非得脱鞋的。可他就是不肯像我们其他人那样，穿容易脱的鞋来。”

“菲尔，”她小声说，“因为登山靴很重。他想把靴子穿在脚上，这样就可以不用放进行李了。”

“我觉得这是自私。这么多人排在后面。他明知道会这样。”

背包客抬头用眼角的余光瞥了一眼。“抱歉，朋友。”

“总有一天你会撞得头破血流，”她说。

“那我们走着瞧吧，行吗？”菲尔说。这话几乎是唱出来的，就像在操场上玩耍的孩子。

有一回，大概他们结婚一两年的光景，他向她坦白，他一想到小孩子就忐忑不安：刺耳的吵闹声，塑料玩具到处乱撒，口齿不清地要这要那，要你给什么东西，修什么东西，而你根本不知道那是什么。

“才不是呢，”她说，“他们会指。他们会嚷，‘果汁。’”

他惨兮兮地点点头。“一辈子都是这些事儿，”他说，“你会有这样的感觉。就好像一辈子都耗光了。”

不管怎么说，如今事情正在变得越来越学术。就生育而言，她的年纪已经到了这样的阶段：基因链彼此缠绕，染色体飞速转动，互相重新联结在一起。“三染色体性，”他说，“综合征。新陈代谢不足。这些玩意就不跟你细说了。”

她叹口气。揉揉自己光溜溜的胳膊。菲尔倾身向前。他清清嗓子，对司机说，“我太太觉得冷。”

“穿上毛衣，”司机说。他拿起另一支烟塞进嘴里。此刻，路还在往高处延伸，沿途一溜急转弯，每碰上一个他都奋力扭转方向盘，车尾往外甩，甩向路上的沟沟坎坎。

“要开多久？”她问。“大约多久？”

“半小时。”但凡他能吐口痰代替说话，她猜他会这么干。

“还有时间吃晚餐，”菲尔欢欣鼓舞地说。他替她揉搓胳膊，好像觉得这样就能给她鼓鼓劲。她颤抖着说，“你弄得我胳膊都晃起来啦，”她说。

“胡说。你身上根本没什么肉。”

云雾缭绕间，有一轮半月，他们右侧有一长条向下凹陷的勺子状的土地，在他们头顶上方的高处有一排树木，看起来仿佛根根毛发竖立。他握住她的手肘，抚摸它，此时车又打了个滑，一堆石头噼噼啪啪、断断续续地落在他们前面的路上。菲尔正好在说："我只要花两分钟就能打开包裹。"他正要开始跟她解释他是怎么做到轻装出行的。可是司机嘴里咕哝了一句，一扭方向盘，猛踩刹车，载着他们一个趔趄停下来。她身子向前一倒，手腕磕在前排座椅上。安全带把她拽了回来。他们能感觉到冲撞，但什么也看不见。司机打开车门，钻出去，融入夜色。"孩子，"菲尔喃喃地说。

昏迷了？司机正把什么东西从两个前轮之间拽出来。他弯下腰，屁股升到空中，露出他腰间的格子呢褶边。他们俩静静地坐在车里，就好像压根没有注意到这件事。他们彼此没有对视，只是看着司机直起身子，揉揉腰背，然后绕过去，拎起后挡板，拽出一团黑糊糊的东西，一块防水布。夜晚的寒气穿透肩胛骨，他们在一起微微蜷缩。菲尔握住她的手。她用力把手抽出来；她并不是使性子，而是觉得自己有必要集中思想。在他们的车头灯光的照耀下，司机的剪影浮现在他们眼前。他转过头，目光在空旷的马路上扫来扫去。他手里握着什么东西，一块石头。他弯下腰。砰，砰，砰。她浑身绷紧。她想喊出声来。砰，砰，砰。那男人直起腰。他两只胳膊抱着一捆东西。明天的晚餐，她想。加洋葱和番茄酱煮沸。她不知道"煮沸"这个词儿是怎么从她脑子里冒出来的。她记得城区里有块招牌：索福克勒斯[1]驾校。“无人敢言幸福……”司机把那一捆东西塞进汽车后备厢，就放在他们的行李边上。后挡板砰一下关上。

回收垃圾，她想。菲尔会说，“值得赞赏。”如果他开口就会这么说。可是他似乎打定主意不开口。她明白，他们俩谁也不会提这次寒假竟然会用这样可怕的方式开场。她捏住自己的一只手腕。轻轻地，轻轻地。一个充满焦虑的动作。一种清洗。把微弱的疼痛按摩掉。我会一直听到那声音的，她想，至少这礼拜剩下的日子都会听到：砰，砰，砰。我们会拿这事儿开玩笑，也许。我们是怎么冻僵的。我们是怎么听凭他继续的，除此之外我们还能怎样……夜里并没有巡山的退伍兵。有什么东西升到她的喉咙口，某种让她想清清嗓子的东西——弄得她的硬腭直发痒，随即又下沉、消失。

门童说，“欢迎来到皇家雅典娜太阳酒店。”光从室内的一块大理石散射过来，附近几根冰凉的断柱上有点点光斑，光从蓝转绿又从绿转蓝。这就是他们言之凿凿的“考古特色”吧，她想。换作平时，看到如此纷繁芜杂的俗气玩意，她是会笑一笑的。然

① 索福克勒斯是古希腊著名悲剧诗人的名字，在此处用其为驾校冠名自然别有深意。

而，这黏湿的空气，还有这件事……她一步一挪地从车上下来，挺直身体，脸上没有笑意，一只手往出租车车顶上一搁。司机一言不发地用手肘推开她，走过去。他掀起后挡板。可是这个门童一直在旁边转悠，他想帮忙，所以一路跟着他过去。门童伸出双手去拿他们的行李包。司机飞快地堵住他，让她吃惊的是，她自己也跳过去，“不！”菲尔也一样，“不！”

“我的意思是，”菲尔说。“也就两个包嘛。”仿佛为了证明行李确实很轻，他抓起一只包，捏紧拳头，乐呵呵地让它转起来。“我信奉的是——”他说。可是“轻装出行”这个词儿他终究没有说出口。“少带东西，”他说。

“好的，先生。”门童耸耸肩，往后退去。她在心里排练，就好像很久以后，跟某个朋友说起这件事：你瞧，我们被逼成了同谋。不过出租司机并没做错什么，当然没有。只不过这样效率高罢了。

而她想象中的那个朋友表示同意：尽管如此，出于本能，你还是能感觉到有什么事情给隐藏起来了。

“我打算喝一杯，”菲尔说。他在渴望玻璃那一头的景象：酸酸的白兰地，叮当作响的冰块盛在鱼形容器中，高跟鞋咔哒咔哒地走在瓷砖上，漩涡状锻铁装饰，酒店里的亚麻布，软软的枕头。无人敢言幸福。无人敢言幸福，除非安然入土。至少得

“入”了他订的那个普通套间：把今天抹掉，明早在饥肠辘辘中醒来。出租车司机弯下身子钻进汽车把第二只包捞出来。他用手肘推开防水布，她一眼瞥见——与此同时，她又拒绝看见——那不是猪蹄羊蹄之类的东西，而是一个人类的孩子的脏兮兮的手。

（首发于Salt Publishing出版的《2011年度最佳短篇》，
2012年发表于《卫报》）

哈雷街

我开门。这是我的工作。我有一百样管理任务，当然也有个工作上的头衔，可是实际上，我也就搞搞迎来送往的事。我接过病人们塞过来的预约卡——有那么多人一个字儿都不说——然后把他们领到候诊室。再后来我送他们沿着走廊往前，或者上楼，去迎接等待着他们的结果：通常都不是什么好事。

他们多半都会对我视若无睹。他们什么都看不见，什么都听不见，眼睛和耳朵里只能装下自己的困境，其实还不如安排一个机器人把他们领进去。有一天，我把这话跟巴瑟斯特太太说了。她转过头盯着我，神情仿佛半梦半醒。一个机器人，她重复了一遍。或者僵尸，我轻快地说。我们的医生就应该做个僵尸出来。这样他们就能节省行医成本，就没那么多话可抱怨了。

在地下室里采血的贝蒂娜说，你什么意思啊，做个僵尸？小孩子玩的游戏，我说。你需要弄点曼陀罗和河豚鱼，按照祖传秘方调制一杯草药鸡尾酒，摇摇匀。然后你把它们埋起来，再挖出来，对着脑袋把它们抽昏：它们就成了一具僵尸。它们能走路能说话，可它们的魂灵早就给带走啦。

我的口气很轻松，可是与此同时，我得承认，我把自己都吓了一跳。贝蒂娜看着我，寻找发疯的迹象；她张开漂亮的嘴，就像劈成两半的草莓。巴瑟斯特太太也在细细打量我；她的下巴松垂，灯光正好打在一块金色的补牙填料上，她嘴里有好几块，都是我们的牙医"劈啪"帮她补的，很便宜。

"你们俩怎么啦？"我说。"难道如今你们都不看《新科学家》杂志吗？"

"我视力很差，"巴瑟斯特太太说，"我发觉有电视做伴就行了。"

毫无疑问，就算贝蒂娜买杂志，也只会买《你好！》。她是墨尔本人，毫无幽默感——其实什么感都没有。"僵尸？"她说得一字一顿："我还以为僵尸是给那些在烈日底下砍甘蔗的人预备的。我从来不会把它跟哈雷街联系在一起。"

巴瑟斯特太太摇摇头。"阴魂不散，"她重重地说。

"胫骨"医生（二楼，左边第二间）正好路过。"嗨，嗨，护士，"他惊讶地说，"在聊那种事儿吗？"

"她在说生死之谜，"我告诉胫骨。

巴瑟斯特太太叹口气。"其实也没那么神秘。"

贝蒂娜在地下室工作，我刚才说过，她负责替实验室采血。病人都是哈雷街上的执业医师们送来的，他们随身带着的表格上潦草地画着叉，标出他们的血样得化验哪几项。贝蒂娜抽出几滴注入试管，然后在试管上贴块标签。我给她送过去的顾客一看就有病，病得不轻。他们不喜欢接下来的步骤，但这有什么呢？不过就是被针刺一下罢了。说真的，我们那会儿还有几个搞活体解剖的呢。贝蒂娜这个人傻乎乎的，但抽起血来手法纯熟，自有一套，她一般不会弄得血淋淋的。只有一回，今年初夏，我记得有个小女孩在我那个小隔间的“洞口”停下来，说了一个“噢”字，她直愣愣地盯着一条纤细的血流，从她手肘弯曲处缓缓流向手腕上肿胀的蓝色血管。她十七岁，厌食症，贫血。我以为她的血应该跟她的人一样苍白、羸弱、发绿——可是，当然，那血是惊心动魄的鲜红。

我从门口弹出去，双手按住她肩膀。彼时正值五月，我的手既温暖又稳当。一直往前走，我果断告诉她，跑到贝蒂娜那边去，让她给你再贴一块护创膏。她走了。当时巴瑟斯特太太手里端着一只盂盆穿过走廊。我看到她张开嘴，伸出一只手抵住墙，让自己站稳。她看起来气喘吁吁，跟病人一样苍白。“要命！”她说，“这小妞怎么回事？”

我只能给巴瑟斯特太太沏一杯茶。我说，“既然看到一点血就能让你反胃，那你干吗要当护士呢？”

“哦，不，”她说，“不是，平时根本不会这样。”她双手环绕马克杯，紧紧握住它。“就是碰巧在大厅里看到她嘛。”她说，“万万没想到。”

贝蒂娜红头发，雀斑脸，奶油色。她人一坐下来，白色外套就敞开，短裙往上缩，露出婴儿似的膝盖。她体态丰满，笨头笨脑，却老是抱怨找不到好男人。他们通常会约她出去，可是接下来的事，她就没法理解了。他们会在某个吵闹的酒吧约会，一起来的还有别的男人——呃，我想欧陆应该不一样吧，她说——他们会聊高速公路。各色各样的交叉路口，他们在两个交叉路口之间的车速，还有他们在路上可能会遇见的、值得注意的施工现场。夜渐深，几杯酒并排放，男人们说，我们讨厌阿森纳啊讨厌阿森纳。老板想把这些人赶走；贝蒂娜也走了，靠着墙从一群女士那边溜到最近的出口。“因为我不，”她说，“我，不，想，让他们的口水和爪子落到我身上。”

初夏，她开始说，男人什么都不值。电视更好，不像男人翻来覆去就那么点花样。要不就说有套迷你连续剧把我活活乐死了。

“话虽如此，你还是需要一个爱好，”巴瑟斯特太太说。“得有什么东西能让你出门才好。”

贝蒂娜脖子上戴着一个小小的银十字架，链子细得像根绳子。“那链子会断的，”巴瑟斯特太太说。

“这玩意挺娇嫩的，”贝蒂娜一边说，一边摸。在墨尔本，她给调教得既娇嫩又甜美。有时候她会哭哭啼啼，哦天哪天哪，我想我把一份血样放错啦，哦，杰罗尼摩·H·琼斯！瞧，冷静点，我说，我相信你根本没弄丢什么血。然后她把玻璃试管都数了一遍，再查一查表格，就什么问题都没了。反正这些天里总会出点岔子的，她会在血样上贴错标签，会有人告诉某个毛发浓重的男人，说他缺少雌激素，请他来看更年期专科门诊。话说回来，即便有人投诉，他们也会在这套复杂的体系里迷失方向的。病人不能仅仅因为付钱看病，就以为他们理应得到尊重。当然，说话的口气还是要充满敬意的，我们寄送账单时就是这样：

胫骨医生谨表祝贺

并恳请允准开列账单：

300几尼

然而，一旦背着病人，聊天就变成了这个样子：“该死的神经病！自以为什么都懂！居然敢跑到这里来，就想出风头嘛！跟我提问题！我，可是从巴茨[1]来的！”

你也许会觉得我愤世嫉俗，有一大堆偏见。可我总觉得哈雷街不可救药，街好长，好单调，没完没了的栅栏、黄铜名牌，还有黑色镶板门，千篇一律。我不知道那些病人会不会像我这样胡思乱想，在那些黏稠的夏日黎明：就好像，不仅是空间在伸展，时间也在伸展，于是，前方的尽头便不是玛丽勒伯恩街和卡文迪什广场，而是死亡，还有那些在你出生前就存在的地方。我自然不会跟贝蒂娜或者巴瑟斯特太太提这种事儿。为了病人，你从早到晚都得开开心心的。

不过，我们的宗旨可不是为了替谁加油打气。即便你从来没去过哈雷街，你的脑海里可能也会浮现出这样的画面：皮躺椅，深绿色调的黄铜灯，仿古紫杉木咖啡桌上堆着《田园生活》杂志——总而言之，那种氛围应该在暗示，如果你行将就木，那至少可以走得从容优雅。但我们的候诊室并非如此。我们的扶手椅杂七杂八，那些脑袋枕过、手搁过的位置总是油腻腻的。我们甚至还有一把厨房里用的那种椅子，红色塑料椅面。至于候诊读物——老胫骨带来了他看完的钓鱼杂志——“哪种钓饵？”诸如此类。现在我已经忘了我们为什么会管他叫“胫骨”了。通常我

① 伦敦圣巴多罗马医院（St. Bartholomew’s Hospital）的简称。

们都是用他们的专业来取绰号的，可他并不是整形外科的。肯定是因为他病人的模样——他们越来越瘦，越来越形销骨立。我们看着他们初次登门，一个个虚张声势，脸上还红通通的，俨然是一只只裹着花格呢和羊绒衫的长靠枕；然后，我们就看着他们羸弱不堪，连上楼都办不到。

与他形成对照的是“腺体”，顶楼的内分泌专家。腺体是那种走起路来都气喘吁吁的女人。“让我恢复正常吧，”她的病人向她哀求，就好像她真能控制那些症状似的。她治疗女人的经前综合征和更年期紊乱：给她们开那种会让她们发胖的激素。她们来的时候，形容憔悴，面色苍白，双手打颤，有一丁点儿暴躁，不太正常——几个月以后她们再来，兴致勃勃，醉意盎然，走路摇摇晃晃，嘴里吞云吐雾，双下巴，脚踝肿胀，发狂的眼睛深陷在新长的肉里。

我说过，我待的地方就是一个小洞，与大厅相通，类似于一个服务窗口。贝蒂娜说，这里就像皮卡迪利圆环[①]；她觉得这么形容很有创意。我们所有在不同时段来上班的医生都要踩着重重的步子在这里进进出出。他们的脑袋钻进窗口，说上两句，比如“托德小姐，保洁工作不尽人意哦。”

① 即伦敦著名的皮卡迪利广场，中心呈圆环状，是重要的交通枢纽和商业区域。

我说“是吗，现在？”我把手伸进壁橱，拿出一块布。“医生，”我说，“来见见抹布。抹布——这是医生。你们得在一起亲密合作了，从现在开始。”

你得明白，保洁可不是我的工作。这活是拉纳通加太太和她的儿子丹尼斯在晚上干的，我也不会待在这里监督他们。妇科的“涂片先生”是巴瑟斯特太太的雇主，他每回看到桌子没有擦得闪闪发亮就会大为不满。你瞧，我们的医生，他们并不想掏钱，却老是指望能享受红毯礼遇，指望我像医学生那样对他们百依百顺。涂片先生是个野心勃勃的男人，巴瑟斯特太太说他从早到晚都在工作。他住在斯坦斯——离我家很近，但他的住处要时髦得多——每天傍晚，他去斯劳的一家诊所做人工流产。有时候，他到我这里来拿邮件，我会说，“哦，瞧，医生！你的手脏。”他一脸怒气，抓起一把邮件；那好吧，给你，给你，我说。看到他怒目圆睁的样子，再细细查看他袖口上有没有血迹，是一件很好玩的事。你瞧，我可是守着道德界线呢。虽然我收入菲薄，却能享受这样的奢侈品。

我们这里另一位全职雇员是我先前提过的劈啪先生。他有自己的候诊室，安排病人们待在那里等麻药起效。他喜欢耍的花招是：直到有人在椅子上坐定——一个嘴唇发麻的囚徒，嘴里仿佛塞满了手指头——才开始发表自己的观点。巴基斯坦佬滚出去，诸如此类——尽是些老于世故的说辞，从一个姓名后面跟着学位缩略语字母的人那里，听到这些话也是意料之中。我把他的病人送回人间，他们一个个歪着脸，脑袋瓜里还在不停地轰炸。即便可以随心所欲地说话，他们会反驳他吗？下回他没准会伤害他们呢。

有一点得替劈啪先生说句话——他不像别人那么贪婪。我刚才说过，他给巴瑟斯特太太做的疗程是打了折的。

“你牙齿有毛病吗，巴瑟斯特太太？”贝蒂娜问道。这是她一贯的口气，大呼小叫，傻头傻脑。

巴瑟斯特太太说，“我还是个小姑娘的时候，他们让我戴牙箍。从那以后我的牙龈就变得很软。”她举起一只手，仿佛在拭去从嘴唇上渗出来的一滴血。她的手指纤长，但指甲却糟糕得很，粗粗短短，遍布咬痕。我想，显然，她也属于那种不愿意提及童年往事的人。

* * *

我还记得巴瑟斯特太太第一次上门的模样，那时她的包里揣着自己的简历。她是那种看不出年纪的女人，面色土黄，一头黑发正在转成灰白，往后梳成两翼，用发卡夹住。她穿着深色斗篷——她个子高，所以穿起来样子不错。可她整个夏天都穿着：

八月里，人人对此瞠目结舌。没准这玩意曾经是她的制服，在她当护士的时候。是那种看起来太好、不舍得扔掉的东西。

六月末，她朝我微笑，说，“你可以叫我丽兹。”我试着叫，却浑身不自在；在我眼里，恐怕她永远都只能是巴瑟斯特太太。尽管如此，我当时还是很高兴，因为她似乎想跟我改善关系。你瞧，我的私生活是有点问题——太复杂了，没法深究——我想我是在寻找一位年长的妇人，我可以说悄悄话的那种。

有天晚上，我说，你出来一下好吗？我们找个地方吧！我把她拖到一个小小的法国人的地盘，我以前跟我的男朋友去过那里。那真是块宝地——老派，很便宜，而且，他们家的侍应生都是一副招人厌的巴黎人腔调，如假包换，这在伦敦也许是独一份。我不能说那天的气氛轻松愉快。巴瑟斯特太太似乎对吃的不感兴趣。整个晚上她都坐在椅子边上，盯着侍应生端上来的东西，用鼻子闻。邻桌叫了份鞑靼牛排，她看看我，“人们就吃这种东西？”

“明摆着嘛。”

“什么，”她说，“人人都吃这个？”

“只要他们受得了就吃。”

“好吧，”她说。她皱皱眉头。“我倒从来不知道你能搞得清这些。”

“你从来没好好过日子，”我说。

“哦，不对，”她说，“我过的。”

账单来了，我说，“我请客——真的，丽兹，真心的。”好吧，谢谢，她说。她从门口的挂钩上一把拽下斗篷，在夜色中飘走。

我想要喜欢她，你瞧，但她可不是那种你套套近乎她就会欣然接受的人。她更喜欢贝蒂娜——尽管在我看来，她们毫无相同之处。贝蒂娜对我发牢骚：“那个女人老是在我待的地下室里晃悠。”

“干吗？”

她噘嘴。“她想帮我。”

“这也没什么罪过。”

“你不觉得她是个同性恋吗？”

“我怎么会知道？”

“我看见你跟她喝茶来着。”

“是啊，可是，真见鬼。她是人家的太太呀，难道不是吗？”

“哦，太太。”贝蒂娜不屑一顾地说。“也许她不是呢。她只是觉得这样的头衔听起来更尊敬吧。”

“你的意思是更尊贵吧。”

“总而言之，同性恋通常都会结婚。”

“是吗?”

“当然。”

我说，“你这么老于世故，我真是自叹不如。”

“你看看她嘛!”贝蒂娜说。“总是有点毛病的样子。”

“甲状腺?”我说，“可能吧。她好瘦。手还发抖。”

贝蒂娜点点头。“眼珠子鼓出来。嗯，可能的。”

我替她们俩难过。贝蒂娜正参加一个打工旅行计划，一边绕着欧洲跑一边赚旅费——她在好多欧洲城市停留，采血样打工，最后飞回家安顿下来，反正她是这么说的。巴瑟斯特太太自己的亲戚住在国外，她从来就不去看他们。

我们吃完那顿饭以后——这顿饭真是一场灾难，也许是我的错，我就该提议干点别的，电影啊什么的，只要不是吃饭就行——正如我前面提过，我在斯坦斯租了一套公寓，离滑铁卢有三十五分钟车程，而巴瑟斯特太太最近从海格特公墓搬到了肯萨尔绿野公墓。[1] 住得怎么样?我问她。也就是一个洞罢了，她说。仲夏，她请了两个礼拜的假。她不想请假的，她说，其实她挺害怕的——不过涂片先生正好在参加一次厂商赞助的会议，不需要差使她。

---

① 两地均位于伦敦，前者在北郊，后者在南郊，相隔很远。

放假前她最后一天来上班，跟我一起坐在我的洞里，双手捂住眼睛。“巴瑟斯特太太，”我说，“也许伦敦不适合你。它不是——我自己也觉得这不是个善意的地方，不是个适合单身女人待的地方。”尤其是——这话我没说出口——到了你这样的年纪。过了一会儿——也许她刚才一直在想我的话——她放开了捂住面孔的手。

“搬家，”她说，“就这样。搬家，一两年搬一次。这样你总是会碰上什么人的，不是吗？”

我很同情她。我顺手把我的地址写给她。“过来玩，挑个晚上。我有张沙发。你可以睡那里。”

她不想接，我把地址硬塞进她手里。她的手有多冷啊：冷得像一块埋进泥里的老砖。我在心里修正了关于她甲状腺的揣测。

当然。她没来找我。我不介意——鉴于我现在对她的了解，就更不介意了——可是我颇为机警，没追问她这个假期是怎么过的。她第一天回来上班，看起来筋疲力尽。我说，“你都干了些什么？打工赚外快？”

她垂下头，咬嘴唇，苍白的大脸转向别处。有时候她真让我气恼；就好像她根本不懂英语，不懂那些我们（我们所有人，无论来自何方）都必须熟稔的花样，比如务必把丑话说在前头，比如格言警句什么的。“反正，”我说，“你错过了一件好刺激的事情，巴瑟斯特太太。上个礼拜有人闯窃。那天早上我到这里，拉纳通加太太和丹尼斯在。拉纳通加太太哭成了泪人，两只手绞着手帕。有辆警车停在外面。”

“这事儿你想得明白吗？”巴瑟斯特太太说。她看起来比平时更活泼。“嗑药的？”

“对呀，胫骨先生就是这么说的。他们肯定以为我们都把药放在这栋房子里。他们把地下室洗劫了一通，到处都是玻璃。他们把冰箱门都给拽了下来。他们还带走了贝蒂娜的血样，他们要血样做什么用呢？那一管管血，他们会怎么处置呢？”

“没法想象。”巴瑟斯特太太摇摇头，就好像她已经完全没法理解人类的行为了。“我得下楼去安慰一下贝蒂娜，”她轻声说，“可怜的小姑娘。真是吓坏了。”

某个周六，在哈雷街捱了长长的一个上午之后，我以为我会在闹市里转转，买点东西。天热，人潮拥挤，到两点我就累坏了。我坐上一辆观光巴士，假装只会讲芬兰语，把两条腿搭在隔壁的空座位上。空中响起雷声，一团黏黏的潮热。旅客们昏昏沉沉地坐在交通安全岛上，或者坐在公园里。树木似乎焕发着湿漉漉的绿意，大团大团的叶子挂在树上，慢悠悠地瑟瑟作响，看起来沉甸甸的。白金汉宫附近有一个花坛里种满天竺葵——红得如此浓烈，就好像大地在流血，一直渗到人行道上。我满怀同情地看着卫兵们奄奄一息，几乎昏倒在他们的岗位上。

那天晚上，我热得睡不着。在此之前我梦见自己在哈雷街上。在梦里那是个周一，整天工作的人通常都会做这样的梦。我或是来，或是去；人行道上光影斑驳——或是日落，或是日出——我看见整条哈雷街上的栏杆都给锉得尖尖的。街上还有个行人，与我步调一致。我说，看看他们都对栏杆做了什么手脚。是啊，这些无耻的尖角，她说。接着，一只大手伸出来，抓住我往栏杆上撞。

第二天我昏昏沉沉，错过我通常坐的那班火车，到达滑铁卢站时比平时晚了十二分钟。十二分钟，在整个人生里意味着什么？意味着一个糟糕的日子开始了，就是这样——因为紧接着便是在贝克鲁地铁线上挤得东倒西歪，摄政公园站上碰到电梯出故障。好容易从地铁里钻出来，我撒开腿就往前冲——要不涂片和胫骨会把他们的脑袋钻进我的“舱门”，拍拍手表。哦，托德在哪里？我拐上哈雷街。我看见了什么？只有丽兹·巴瑟斯特在路上步履蹒跚。我赶上去，伸出一只手搭在她胳膊上：迟到了嘛，太太！这可不像你的风格啊！没睡着，她说，没休息好。你也会这样？我说。我的梦顿时烟消云散；我一下子就对她同情起来。她点点头。整晚合不上眼，她说。

然而，在接下来的三秒、四秒、五秒里，我勃然大怒。我没法找到更恰当的词儿来形容了。天晓得，贝蒂娜弄得我精疲力竭，她是那么和蔼，却又那么木讷，医生们也让我精疲力竭，而此时此刻，我意识到巴瑟斯特太太甚至更让我精疲力竭。“丽兹，”（我得承认，我是冲着她厉声大喝的）“你为什么会是现在这副样子？那件斗篷——难道就不能扔掉它吗？烧掉它，埋掉它，送到那种在汽车后备厢上摆的摊上去卖掉吧。你他妈的真让我沮丧啊，女人。把你头发扎起来。买个指甲锉，修修指甲。”

我的指甲，她说，我的头发？她转向我，面色灰黄，满脸无辜，像一轮满月。接着，猝不及防——我意识到我肯定是把她惹毛了——她打我，先是胳膊往回收，然后抡起拳头重重地砸在我乳沟上。我猛地向后倒，撞在那排栏杆上。我感觉到栏杆在我的皮肉上留下凹痕，有一根抵住我的脊柱，还有一根就垫在我两块肩胛骨后面。巴瑟斯特太太沿着马路一溜烟跑了。

我把手伸到背后，手指在那些可恶的油漆剥落的尖角上握了一会儿。我把自己撑起来，蹒跚着跟在她身后。但凡我对我们的医生能有一丁点信心，我没准就会找一位看看我身上的瘀伤啦。不过，到头来我也只是受了点惊吓而已。更何况，不好意思，也是我先出言不逊的——怪我当时太疲劳了。

一整天我都觉得皮肤刺痛。我们这栋房子里发出的各种声响似乎都被放大了。医生们拖着步子走进走出，我能听出他们的洛布手工定制皮鞋在地毯上摩擦的声音。我能听到腺体在气喘吁吁；听到她的病人在跟她纠缠，听到涂片把他冰冷的窥阴器往里推进时，他的病人发出阵阵抽泣，而巴瑟斯特太太就站在他身边。我听见劈啪先生的钻头在呜呜作响地打磨，听见钢制器械叮当一声扔到钢制器皿上。

我对贝蒂娜说，今天礼拜一？对啊，她说。她太笨了，以为这只是个常规问题。啊，我说，那么，两点半至八点半，“脑叶切除术”先生会来，二楼左边第二扇门。我觉得我该在大脑上做个什么手术，要不就用上一大堆镇静剂之类。今天我对待巴瑟斯特太太的态度确实很无耻。我居然嘲笑她身上穿的斗篷。

贝蒂娜扁了扁她那张如草莓般鲜红的嘴，嘴角顺势往下咧。她那双灰色的大眼睛——仿佛尚且青涩的水果——鼓出来，眼神里充满了不可思议。“我知道那玩意式样很老，”她说，“不过我并不觉得它有多么滑稽。”

此时此刻，我是不是应该察觉，她们俩已经在一起了，把我冷落到一边？今年夏天我真是缺少洞察力——脑叶切除术先生会这么说。不过，每当有病人进来，我好像一眼就能看到他们骨头里。我能听见他们的心跳，听见他们怎么呼吸，怎么消化，估算他们的身体在用什么样的速度空转，预计他们还能不能拖到跟我们一起过圣诞节。现在已是九月，可我还是觉得我被伦敦毁了——每次回到斯坦斯泡个澡或者冲个凉的时候，我都觉得自己浑身燥热，很脏，很绝望。为了安慰自己，我脑子里不停重复这样的画面：总有一天我会住到离市中心更远的地方去。找个只够我一个人住的地方。小小的，安静的地方。

第二天，我穿过滑铁卢站时买了一束百合花。我把花塞进巴瑟斯特太太手里。“对不起，”我说，“我说的那些话太冷酷了。”她点点头，心不在焉。她把花往客厅桌上一扔，没用水养起来；我总不能自己去干这个吧，是不是？那天傍晚她是和贝蒂娜一起走的。出门时她只是随手把花捡起来，看都不看它们一眼。我永远也没法知道，这些花是跟着她回了家还是直接进了垃圾桶。

第二天，贝蒂娜从地下室里出来。她站在我的门内侧，身体倚在门框上。她看起来身上略有点瘀伤和污迹，就好像她的轮廓突然变得模模糊糊。“我想跟你谈谈，”她说。

“当然，”我说，语气很冷淡。“你碰上什么麻烦了？”

“不要在这里谈，”她一边说，一边往四下里看看。

“一点一刻碰头，”我说。我告诉她怎么找到那家法国餐馆。他们家午市更便宜。

先到的是我。我喝了几口水。我还以为她不来了，以为她丢了地址，或者没了兴致；不管怎么说，她的问题很容易解决。一点半，她急匆匆地冲进来——面颊粉红，一脸矜持，侍应生过来把她那件小小的廉价防雨外套拿走时，脸愈发红起来。他们拿来了菜单；她看也不看就接过来；她把额头上打着卷的刘海拂开——不出我所料——突然哭成了泪人。这真是个漫长而艰难的夏天。我突然想到巴瑟斯特太太说过的话，关于搬家的必要性。我说，“我猜你快要跟我们告别了吧，贝兹？”

她的眼睛死死盯住我；看到这双蓝紫色的大眼睛居然别有深意，我吃了一惊。“难道你就没发觉吗？”她说，“我的上帝，你生在哪一年啊？你难道没发觉，如今晚上我多半都在跟巴瑟斯特约会吗？”

约会，千真万确。我十分理智地保持了沉默：在你不太清楚对方到底是什么意思时，你就该这么做。然后她做了个古怪的动作：她的双肘撑在桌上，手指围在后颈上，似乎在按摩头皮，还撩起了她那玫瑰色的头发。就好像她在试着要给我看什么东西似的。过了一会儿，她放下头发；发丝又落回她雪白的短短的脖子上。她打了个颤；她伸出一只手搭在肩膀上，缓缓地往下挪，轻轻触碰乳房，掠过乳头。有位年长的侍应生路过，对我怒目而视，好像看到了他不乐意看到的东西。

“哦，行啦，贝兹，别哭了。”我伸出手，在她的手上搁了一会儿。没事儿，你向来就是这样啦；我早该知道了，不是么？当你钻进我那个山洞里，笑着谈起性变态的时候。“好多人都是这样的，贝蒂娜。”

“哦，耶稣，”她说。她的种种甜美荡然无存；她满嘴都是脏话，身上大汗淋漓，脸色黯淡无光。“就像上了瘾一样。”她说。

“有各种各样的互助组。你可以打电话听听建议，看看怎么才能解脱。我想如今这也不是什么问题啦，尤其是在伦敦。肯定轻易就能找到那样的人，跟你有一样的……取向。”

贝蒂娜摇摇头，双眼盯着格子桌布。也许她想到了她在故乡的家；墨尔本的风俗全然不同？“你可以这样想——也许这只是你正在经历的一个阶段。”

“阶段？”她抬起头。“你也就知道这些了，托德。我一直都会是这样啦，从今以后。”

即便放下偏见——这可不是件容易的事，而且有什么必要呢？——我也只能说，我对巴瑟斯特太太评价不高，尽管，作为一个同事，她最近比以往机灵得多。如今她跟贝蒂娜整天黏在一起，精力旺盛，活泼好动。她的眼睛亮闪闪的，总是盯着我看。想跟我改善关系吧，我猜，弥补上回在街上打我的事儿。她邀请我下周末去她那里做客，我不知道我会不会去。来随便吃两口呗，她是这么说的。

（入选1993年企鹅出版社出版的《Time Out伦敦短篇小说选》）

人身伤害

她叫尼科莱特·布兰德，是我爸的情妇。我说的是七十年代早期，好久以前的事，那会儿他完全沉湎在肉欲中。她的长相倒是挺合适尼科莱特这个名字：秀气，沉静，一头短发精巧地打着卷；乌黑的双眸水汪汪的，略有点斜视。她一身蜜色皮肤，就好像刚刚跟着旅行团度了个假，而且她看起来总是精力充沛，脸上很少不带着微笑。我估计她二十六岁。那时我十七岁，上大学前的那年夏天，为了打发时间，正好在我父亲的律师事务所里当个初级文员。打个下手，按他的说法。我从来不知道他为什么这么说。

我看过她打字，噼噼啪啪：她亮闪闪的指甲轻巧而飞快地运动。“他们说，女人哪，永远别去学打字！”我挑起话头。

一九七二年前后，他们刚开始说这样的话。“是吗，他们这么说的？”她说，一只手在半空中悬了一会儿。“别往下说了，维姬。我在晚饭前还有一大堆活要干。”她做了个用力拍打的手势，径直回到打字机前，噼噼，啪啪。

我被她的那双脚给迷住了。我一直歪着脑袋偷看她并拢着搁在办公桌下的脚。细高跟已经过时了，可她还坚持穿。她的鞋是黑色的，擦得锃亮。有一回，我爸从办公室里出来，她头也不抬就说开了——噼噼，啪啪——“弗兰克，你觉得我们可以去弄一块固定在办公桌上的遮腿板吗？”

那年圣诞节我又回来，用上了她的办公桌，因为那时她已经去阿尔伯特广场对面的卡普兰①上班了。“去干点跟管理有关的活，”我爸说。“而且工作范围也宽一点——她在这里的经历，你瞧，大部分都局限在我们处理的——”

“道路交通案。”我说。“造成人身伤害的那种。”

“对，诸如此类吧。更何况，据我了解，小西蒙答应每年多给她一百。”

“没准是午餐券，”我说。

“反正我没什么好大惊小怪的。”

“奥卡姆剃刀定律能把你剃得更精准②，”我说。直到他开始

① 卡普兰（Kaplan）是著名的终身教育服务机构，业务遍及全球，尤以提供备考服务闻名。

② 奥卡姆剃刀定律，是由14世纪逻辑学家、圣方济各会修士奥卡姆的威廉（William of Occam，约1285年至1349年）提出，要义即所谓“如无必要，勿增实体”。小说中的“我”提到这句话也可以有多种解释，既调侃父亲说话言不及义、避开真实原因，也算是句不痛不痒的风凉话，暗示尼科莱特的离开是精简“冗余”人员。

变着花样找理由，我才开始猜测此中大有玄机。我猛地伸出一只脚——因为我此时突然发现了真相——踢在遮腿板上，发出一声闷响。

这事对我很新鲜。我知道男人会跟秘书勾勾搭搭。我猜想在约翰·达尔顿大街、十字街和谷物交易所一带，各种类似通奸的行为一直在上演，可我们从来不接离婚官司，也可能就算我们接过，那些文员也把有关档案藏起来不让我看，所以我最近一次见识男人表里不一的本性还是通过托马斯·哈代的小说。我们已经度过了自由恋爱盛行的一九六〇年代，但这股风从来没刮到过威尔姆斯洛[①]——每个工作日，在人潮汹涌的七点三刻，我们正是从此地出发赶去上班的。尼科莱特为什么会搬到广场对面去，我猜测了一通。我们两家合作多年，所以越界招募通常都格外谨慎。卡普兰想必是因为熟悉内情才这么做的。也算是还个人情吧，就好像上回我们的订书机坏在我手里，他们就送过来一个备用的。

在此之前我们家的生活白璧无瑕。我们住在一尘不染的房子里，我妈从早到晚都忙着去污除尘。我姐念师范学院。我天生就爱整洁，几乎成瘾。至于我爸，他并不是个爱添麻烦的男人。那

---

① 柴郡一个小镇，位于曼彻斯特南侧。

个夏天，有时候他会打发我一个人回家，说他有文件要赶——那口气就好像这是什么其他门类的工作，比如锯木头，而且这活非得跟一位重要合伙人绑在一起干才行。他让我传话，说等他回来的时候只要吃块三明治就能对付过去了。我妈把那坨棕色的晚餐反复加热，最后它在烤箱专用碟上缩成一团污迹。她孤零零地待在黑暗中，走进花园把耷拉下来的茎绑在杆子上，双脚陷在她刚刚浇过水的烂泥里。电话响起，“马上就来，”她颤抖的声音在暮色中响起：“看看是不是你爸。”我总能听到她把挂在后门上的牛颈肉撞落到地上。

他那会儿正轮到当指定律师，有几个晚上得在警察局留到很晚。我妈本来就长得白，有几回看到时针和分针都爬到十一附近，脸色愈发苍白。“这事不该非得让他干啊，”她会突然嚷起来。“他资格够老的啦。让彼得·梅特卡尔夫干嘛。让那个姓威利斯的家伙干，他连三十都不到。”

他一进门，我妈就闻到他嘴里有酒气。“总不能拿你的驾照冒险吧？”她看起来很生气。

“明沙尔大街上就是这股子气味嘛，”他说，“它就是能把人弄得醉醺醺的。”

“你认识尼科莱特吧？”我说，“她是外国人吗？”

“布兰德，”他说，这话是说给我妈听的。“尼科莱特·布兰德。以前的员工，无足轻重。打字的。你就别往下说了吧，维多利亚。”

“哦，对了，”我妈说。“小卡普兰给了她一份养老金计划。”

“就是那个人。怎么突然会提起这个呢？为什么说她是外国人？”

“她漂亮的焦糖色皮肤。她那小巧的、圆鼓鼓的胳膊和腿，你知道的呀，它们看起来就像是按着模子造出来似的。就好像她整个人都是香港生产的。”

“我没想到我居然给一个伊诺克·鲍威尔[①] 的信徒找了点乐子，”他气鼓鼓地说。

“哎呀，”我说，“我就是想知道她的皮肤有没有用那种瓶装的棕色染剂，如果是，那我也想弄一个，我想对异性增加一点吸引力，又不知从何开始。”

“你的头发剪成这样，看上去活像个犯人。”

“换了我可不会选这个，”我妈说，“我是说棕色皮肤，发型就更别说了。下回见到她你看看她的手掌。如果是染的，那掌纹就是可口可乐的颜色。大美人儿就会碰上这样的难题。反正瓦莱

① 伊诺克·鲍威尔（Enoch Powell，1912—1998），英国政治家，学者及诗人，其言论被简称为鲍威尔主义，主要内容包括要求英国停止有色移民拥入、遣返并鼓励有色移民向外移出、批判种族关系法、认为不同族裔之间不可能融合等。鲍威尔主义遭到了政治家的一致谴责，却受到了白人民众的空前支持，对英国政治和社会产生了深远的影响。

丽是这么说的。”

瓦莱丽是她的发型师。她是个教人害怕的放纵主义者，是这一带的领袖,是发辫界的恺撒·博尔吉亚[1]。我妈一直想把我们拉到一起。我不喜欢话题突然在这里转了个方向。就好像应该被质疑的那个人是我。“我要上床睡觉了。”

“但愿你睡觉的时候别再做那些梦啦，宝贝儿。”

“亲亲，”我爸说，在厨房带状灯散发的光芒下，把他胡子拉碴的脸颊凑过来。

圣诞节过后，我仍然待在事务所里，同时给自己制订未来的计划。大学里出了点乱子。虽然并没有发生实实在在的流血事件。反正我们不去了。

年初我们接了一宗袭击案，按我们的标准看，这还挺让人兴奋地。安科欧茨一家酒吧的老板被指控殴打顾客。控方打算宣称那个人本来一直在酒吧里安安静静地喝酒，想去如厕时老板故意把他引向后院，然后又跟着他出去，无缘无故地踢得他在一堆酒桶之间撞来撞去，最后打开一扇门，猛地把他推进一条阴郁肮脏的巷子。那里只站着一名穿制服的巡警，为人正直，目击他头

① 恺撒·博尔吉亚（Cesare Borgia，1476?—1507），教皇亚历山大六世的私生子，曾任巴伦西亚大主教，枢机主教，是教皇的主要顾问。

上的伤口，赶忙掏出随身带的笔记本，借着刚刚洒进巷子的路灯光，写下了当时的情况。

老板找来酒吧里的半数老客人，替他温和的秉性作证。这是一群更凶神恶煞的家伙，你肯定没见过这种架势。那个警察对事发当晚的叙述非常诡异，可老板是个精力旺盛的爱尔兰人，他在法庭门外的走廊里引发了一场骚动，大呼小叫着要请大家喝酒，见者有份，这样做对这桩案子可没什么好处。“输也好赢也好，先生，”他冲着控方伯纳德·贝尔先生吼道，“想什么时候来都行，找点儿乐子。”

我只好猫下腰，躲开他热情的双手。我一抬头，稳住自己，跟着我爸走进法庭，尼科莱特在我眼前晃了一下，随即在走廊尽头走来走去，这让我吃了一惊。她皱起眉头，四下打量，发现我以后脸上就堆出了一个呆滞的、假模假式的笑容。她扬起手里捏着的几份文件晃了几下，似乎想申明她是在忙卡普兰公司的事儿，可是不知怎么的，我很清楚她是来找我爸，我想这是因为她的眼睛一直在打量四周，目光飘过来，飘过去。“请你喝双份金酒，小公主，”老板被一个警察押着从她身边踽跚着走过时，向她提议。警察的表情像是在说，现在你们明白为什么我们拒绝让他保释了吧？

不过老板终究还是个讨人喜欢的家伙，他描述那天晚上的情形时我身边的书记员在吃吃地笑，而公众旁听席里则响起了哄堂大笑。法官波茨正襟危坐，大家都知道他浑身上下没有一丁点儿幽默感，他威胁说要禁止旁听，于是法庭里暂时肃静了一会儿。可我没法描述法庭上的进展，因为那警官刚刚站起来，我就觉得胃里像给踢了一脚，像是某种偶蹄类动物干的，我只好弯下腰在脚边的包里乱找一气，侧身从我爸身边经过，冲着波茨点点头，毕恭毕敬地后退着走出法庭，朝厕所方向走去。我爸如今已经对年轻女子的生理状况习以为常，所以冲着我同情地瞥了一眼。我走到门口时转过身，抬起眼皮瞥一眼，看见尼科莱特坐在旁听席，挤在她两侧的都是老板的朋友，每当下面的法庭里冒出一句俏皮话，他们就默默地跳起来。

等我回来时，法庭上的人已经起身准备吃午餐了。尼科莱特正在走廊里热烈地跟我爸说话，她抬起她的脸迎着他。那块地方好像一下子就变得荒无人烟。我爸一脸忧郁，双眼凝视着她的脸。不过他肯定是饿了，我想。他抬起脸，扫视走廊，好像在求救，或者等着侍者过来。他的目光从我身上滑过，可他似乎根本没看见我。他看起来浑身都枯竭了，就好像他被人扔在路边，来自安科欧茨的一群人渣把他的血都给吸干了。

紧接着，各色人等吃完午餐匆匆回来，走廊里开始沸反盈天。熄灭的烟头、淡啤酒、奶酪、洋葱和威士忌的气味混合在一起，在他们面前翻涌，随之而来的还有一股湿雨衣、湿报纸的味道，湿漉漉的《晚新闻》早版被人摊开，随风摆动。尼科莱特快步向我走来，脸上带着微笑，高跟鞋像长矛一般戳着地板。她似乎一心想跟我套近乎。她咔吧一声打开手袋。“你爸觉得你可能需要吃两颗。”她从里面拿出一瓶阿司匹林。

“我通常吃三颗。”

“不用客气，随便吃。”

她摆出一副慷慨的样子，扭开瓶盖。可是瓶颈处塞着一团棉花，我想把它弄出来，它却从我的食指边滑开，愈发被推至深处，我够不到了。“我来，”尼科莱特说。她伸出她那双像珍珠一样光滑润泽的手，摸索着玻璃瓶。“还真有点小麻烦，”她说。

我爸走过来。他竖起粗壮的手指，表示对此事无能为力。尼科莱特脸一红，垂下头。她的眼皮给画得神秘莫测，一抹泛着绿光的暗蓝，应该是用了上好的眼线笔。我在她身旁站定，想沿着她的颈线往下看，看看她身上的焦糖肤色一直延伸到哪里为止，可我只看到皮肤上难看的、教人沮丧的斑斑驳驳，一抹深红色向下扩散，直到她丝绸衬衫上的纽扣挡住我的视线。

皇家政府的人来了。“怎么啦，弗兰克？”伯纳德·贝尔说。

我爸说，“我女儿开始——她开始头疼了。”

“中暑了。”当时是二月份。没人笑。“哦，请自便吧，”伯纳德说，“镊子会帮得上忙。”

我差点想回头找“镊子”[①]，后面有个佝偻着身子、戴无指手套的律师。然后我看见伯纳德正在翻他的口袋。他拿出几根装订绳，一点小零钱，还有几团绒毛。他挑拣了一通，然后又把两只手伸进口袋，搜索了好一会儿；我觉得，这番努力是对尼科莱特的过人魅力的奖赏。我爸鼻子里哼了一声，“伯尼，你不会带着镊子上法庭吧？指甲钳，也对……”

“你尽管嘲笑好了，”伯尼说，“可我确实见过几起恶劣的人身伤害，都是飞溅的碎玻璃片引起的，碰到这种情况，在一个曾接受过圣约翰急救中心培训的人手中，一把消过毒的——”

然而，此时尼科莱特发出了一声得意的尖叫。她举起手，指间捏着那团棉花。三颗阿司匹林滚到我的手掌中。如果这三颗滚到她的掌心里，我倒是可以解决一个问题。

那天午后没多久这个案子就被法庭拒绝受理了。那爱尔兰人跌跌撞撞地跑到走廊上接受大家的欢呼，对着空气挥舞拳头，大声喊道，“一醉方休。”

---

① 这里原文中的Tweezers首字母大写，可见“我”把这个词当成了人名，以为伯纳德说的能帮上忙的是一个人。

我惊讶地发现尼科莱特还在那里。她一个人站着，包从肘部垂下来。原先在她手里的文件——天晓得那是什么——已经不见了。她看起来像是在排队等着什么东西。“很荣幸被起诉哦，先生，我这可是绅士风度哟，”老板冲着皇家政府的人挥挥手。他从尼科莱特身边经过时，拳头飞来飞去，双脚左踢右踹，我看到她马上后退靠住墙，简直敏捷得像个士兵，然后用前臂护住自己的小腹。

那天晚上我爸把我妈拉到边上。她不停地从他身边走开，漫无目的地乱走，他只能跟在她身后说，莉莲你听我说啊。我上楼走进浴室，盯着浴室柜看，平时我一般不往那里看，因为一想到这些玩意就恶心。我把那里的东西翻了一通：一小瓶橄榄油，几支正在渗出的药膏，一卷胶布，一把圆头剪刀，与刀锋接口的地方有一块锈斑，还有裹在玻璃纸里的绉布绷带。我没想到家里有这么多用来救死扶伤的应急品。我从一捆棉花上扯下一团，卷成棉球塞进耳朵。我下楼。我看见我的脚无声地在我眼前走，像侦察兵。我没有透过厨房的门往里看，尽管门上镶着块玻璃。但是，过了一会儿，我觉得脚下一阵震动，整栋房子都在摇。

我走进厨房。我爸不在，我一下子就明白过来，他一定是从后门溜走了。房间里砰砰砰地回荡着一声声闷响。我妈把那只平日里替他热晚饭——热到缩成一团的——烤箱专用碟往厨桌边缘砸。碟子是用钢化玻璃做的，她花了好长时间才把它弄破。末了，碟子碎裂，她扔下一堆狼藉摊在地板上，飞快地从我身边掠过，跑上楼去。我指指耳朵，仿佛在警告她，不管她对眼下的情形作何评论，说了也是白说。然而，我终究还是一个人把所有的碎片都捡了起来，一片片摊在桌子上。我手上可没有什么乐于助人的镊子，只能用指甲把嵌在拼贴地毯缝里的碎片挑出来。这份收拾残局的活儿繁复细琐，消磨掉的时间长度倒也恰到好处。这沉闷压抑的夜继续延伸，但我并不在其中，我把锯齿状的碎片依次排列，把装饰碟子的洋葱和胡萝卜图案拼接完整。我把这一堆留在那里给她看，可是第二天当我下楼时，碎片都不见了，就好像它们从来没有存在过。

双胞胎出生以后，我去看过他们。尼科莱特一个劲地套近乎。她努力缅怀往日时光——遮腿板，诸如此类——可我坚定地把她推开。我爸还是看起来很苍白，自从爱尔兰老板上法庭的那天之后他就是这副样子，一对宝宝都是黄皮肤，不过他似乎很喜欢他们，咧着嘴笑个不停，我觉得他这副样子像个不谙世事的小伙子。我看着宝宝小小的手指，还有他们的手掌，啧啧惊叹，这也算尽一尽礼数，而他似乎对此颇为受用。“你妈怎么样？”他说。

屋里正炖着什么东西，一堆棕色的食物，搁在“贝岭宝宝”电热锅里。

房子归我妈。她说她不愿意离开那座花园。他只好付她赡养费，而她把这些钱大半花在瑜伽课上。以前她是个动不动就崩溃的人，现在倒是越来越柔韧灵活。每天她都会向着太阳跪拜致意[①]。

我并不是个生性偏颇的年轻人。在任何地方我都会注意到细枝末节，如果有人撒谎，我会察觉他们脸色异样，对，脸色异样。依我看，尼科莱特现在这副样子需要好好整饬整饬。她身上散发着宝宝的呕吐物和棕色炖菜的气味，她的一头鬈发用毛线团挽起来悬在耳朵上方。她轻声对我说，“有时候他得随时待命，你知道，轮值的时候。要在外面熬到深夜。他以前也这样吗？”

我爸一向是个害羞谨慎的人，此刻却在抖动膝盖，好把坐在他腿上的两个宝宝弹起来。他在冲着他们唱歌，唱得没精打采：“一便士两便士，烤面包上划十字儿”[②]。爱情可不是免费供

---

① 瑜伽的基本动作之一。

② 这里指的是西方复活节的应节食品——十字面包（hot cross buns）。面包上有十字图案，在耶稣受难日（Good Friday）这天食用。

应的。实际上，离完婚以后他就穷得叮当响，可他肯定也早就料到了。我估计西蒙·卡普兰还挺羡慕他，还有伯纳德·贝尔，诸如此类。依我看，除了我之外，别人都算是求仁得仁。“一醉方休?”我说。尼科莱特腾出手来伸进餐具柜，抽出一瓶英国雪莉酒。我看着她拂去瓶子上的灰尘。只有我一个人开心不起来。

（2008年发表于《伦敦书评》）

我该怎么认你？

九〇年代末的某个夏天，我被迫出了趟伦敦，去跟一个文学社座谈，就是那种在上世纪行将告终时会显得相当老派的社团。那天，我暗自嘀咕，不晓得自己当初为什么要答应这趟约会；不过，说好总比说不容易，而且，当然啦，你一旦许下承诺，就会以为这一天永远不会来——会发生核爆炸、大屠杀之类的事情，然后那事儿就黄了。此外，我对于那些人人醉心于提高自身修养的岁月，怀着某种多愁善感的向往；当年张罗这些读书会的，既有服装店老板和他们那些售货小姐出身的老婆，也有爱读诗歌的工程师，宠爱老婆、想法子替她们打发漫长冬夜的医生。如今是谁在张罗这些事呢？

彼时我正过着一种反复折腾的生活，费尽力气写一部我越来越厌烦的人物传记。有两三年时间，我一直陷在徒劳无益的循环中，收集那些我早就收集过的信息，喂进电脑磁盘，磁盘里的内容周期性地在某个夜晚消失，然后我只好打起精神重整旗鼓。而且我总是得带着我的索引卡片、文件夹和我的廉价笔记本，页面上潦草粗疏、污迹斑斑。这些玩意动不动就会丢，我把它们落在黑色的出租车里，火车的顶层行李架上，要不就是混进成捆成捆压根没看过的周末报纸，白白扔掉。有时候，我觉得自己好像永远都在重蹈覆辙，一直都奔波在从尤斯顿街到旧报纸档案馆（那会儿这些旧报纸还在科林达[①]）的路上——从浸透着雨水的都柏林郊外（我的传主就在那里第一次领悟了人生真谛），到北部的制造业重镇（此时他的风光岁月已经过去了十年），最后在一家铁路旅馆的浴室里割断了自己的喉咙。“这是意外，”验尸官说，但理由让人疑窦丛生：毕竟，一个大胡子男人平时肯定经常卖力剃胡子的。

那一年我过得恍恍惚惚，东飘西荡，这一点我不否认。我的行李一直都打在包里，所以也没什么理由拒绝文学社。他们说，他们想邀请我给他们的会员做一场活泼流畅的讲座，综述我的研究成果，简短描述一下我早年写的三部篇幅不大的小说，然后回答台下的问题。在活动结束后，他们说，会有公开致谢（这几个词儿的首字母大写，让我颇为不安）。他们会略致薄酬——他们

① 位于伦敦北部。

是这么说的——还会安排我住在一处叫罗斯蒙特的民宿里，他们不无诱惑地说，信封里附的照片，拍的就是那个住处。

这张照片夹在秘书来的第一封信里，隔行打，那台打字机的“h”有点往上跳。我把罗斯蒙特的照片拿到亮处端详。有一点都铎王朝风格的山墙，一扇凸窗，一片爬山虎——然而一眼看去却是乱糟糟一团，一摊流动的颜料，边上还油腻腻的。罗斯蒙特看起来就像是一栋有时候会出现在马路拐角上的鬼屋，行人蹒跚前行，它又倏然消失。

因此，讲座前一个礼拜，又来了一封蓝色的信，这回我就一点都不觉得惊讶了。信还是写得像上次那样结结巴巴，说罗斯蒙特正好在装修，所以关门了，他们只能改到埃克尔斯，从那里去会场倒是很方便，他们觉得那里的名声也挺好。他们又随信寄来一张照片：埃克尔斯像是一座长长的白色露台的一部分，四层楼高，有两扇出人意料的阁楼窗户。让我感动的是，他们觉得应该用这种方式把住处的模样描绘给我看。其实我从来不在乎住在哪里，只要干净温暖就行。当然，我经常会住在既不干净也不温暖的地方。去年冬天住过莱斯特郊外的一家招待所，那里的气味实在太恶心了，破晓时分就把我熏醒。这屋子是没法待了，我连起身穿衣服这点时间都觉得不堪忍受。别人还要过好久才会醒来，我穿上靴子的双脚已经踏上了滑溜溜湿漉漉的人行道，踩着重重的步伐走了好几英里，沿路经过成排成排的双拼楼房，灰泥卵石外墙已经开始发黑，那里的垃圾桶都带轮子，汽车却胡乱堆在人行道上；我在每条街的尽头转弯，穿过马路，再原路返回，与此同时，隔着薄薄的窗帘，中东部居民们正在睡梦中翻身、呓语，男男女女，成百上千。

马德里那回正相反，我的出版商安排我住进饭店套房，包括四个小间，墙面上都镶着深色饰板。他们送给我一大堆香喷喷的、很不容易拿的鲜花，大朵大朵的花绽开在枝干上。礼宾员给我拿来几只重重的淡灰色玻璃瓶，捧在手里滑溜溜的，我在瓶里插上花，抱着瓶子慢慢走动，在每一张擦得锃亮的桌面上都放一只。我就这样跌跌撞撞地从一个房间走到另一个房间，整个人被幽禁在棕色饰板墙里，与世隔绝，陌生疏离，头顶上花粉弥漫，就像一个奋力想从自己的葬礼上逃走的女人。至于柏林那一次，前台接待员递给我钥匙的时候干脆扔给我一句话："但愿你的神经够坚强。"

会面前一周，我身体不太好。我的视野里总是会出现一道飘渺的微光，就在脑袋左侧，仿佛有位天使想冒出来似的。我没有胃口，梦里我总是来到诡异的水面，跑到船上的桥楼，水浪颠簸得让人想吐，潮水诡异地涨落。身为一名传记作者，我的效率异乎寻常地低下；在破解我的传主可憎的家族谱系时，我把维尔日妮姨妈跟那个嫁给墨西哥人的女人搞混了，以至于有整整一小时，我的胃里翻江倒海，心里想，所有的日期都错了，并且认定整个第二章都得重写。东部之行的前一天，我干脆彻底放弃了写作，躺在床上紧闭双眼。我感到——与其说是忧伤，倒不如说是某种泛泛的不满足。我似乎在渴望投入早年那三个短短的长篇小说的世界，渴望小说里那些生气勃勃的人物。我希望成为被虚构的人物。

路上波澜不惊。文学社秘书西米斯特先生到车站来接我。我该怎么认你呢？他在电话里这么问过我。你的长相跟护封上的照片像不像？作家——我发觉——很少长得跟照片一样。说完这话他咯咯笑起来，就好像这话里藏着什么高深的机锋。我思忖着，在电话线上沉默片刻，他忍不住问道，你还在吗？我倒是长得一样，我说。本人和照片差别不大，只不过我现在更老了，当然啦，脸更瘦一些，头发比那时短得多，还换了个颜色，而且我现在很少这样笑。我明白了，他说。

“西米斯特先生，”我问道，“我该怎么认你呢？”

后来我认出他，是凭着他疲倦地皱起眉头的样子，而且他拿着我的第一部小说《正午乱象》搁在胸口。他的大衣纽扣全都扣着——当时正值六月，这大衣却透着冬天的寒意。我本来以为他会结巴，就跟他的打字机一样。

“我想咱们这一场是要搞得湿淋淋的了，”他一边说，一边引着我走到他车边。我花了好一会儿时间才理清他古怪的语法。与此同时，他咯吱咯吱地调整汽车座椅，把一张沾上污渍的晚报扔到后面那张狗用的毯子上，然后伸出一只手茫然地拍拍副驾驶座位，似乎觉得只要用一个神奇的手势，就能把座位上的布屑和狗毛清除干净似的。“难道你们的会员下雨天都不出门吗？”我说，我终于领会了他话里的意思。

“谁知道呢，谁知道呢，”他答道，砰一声甩上门，把我关进车里。我不由自主地回头看看来时的路。这些天，我总是会回头看。

我们的车往市中心方向行驶了约莫一英里。五点半，交通高峰时间。我的印象是车开在一条主干道上，两边种着病怏怏的小树，卡车和油罐车隆隆作响地向码头方向驶去。有一处巨大的环形交叉路，西米斯特先生走第五个出口，他一边开一边安慰我：“这下不远啦。”

“哦，好，”我说。我总得说点什么吧。

“你不太习惯旅行吧？”西米斯特不安地说。

“我病着，”我说，“从上礼拜开始。”

“真抱歉。”

他一点都没有抱歉的样子；也许他以为我会吐在他那条狗毯上。

我故意把头转向一边，看着窗外的城市。在这条宽阔、笔直而繁忙的路上，没有什么真正的商店，只有几家做小生意的，窗户上装着铁栅栏。在它们楼上，污迹斑斑的窗户上贴着荧光漆招牌，写着“出租车出租车出租车”。我觉得这里就像是个自由产业的领地：自由放贷的，开按摩院和妓院的，洗钱的，把劣等食宿翻两倍三倍出售的生意人，代售到迈阿密或者曼谷机票的廉价旅行社，还有用网状围栏圈起来的工场，有一堆近亲交配的小狗在里面叫唤，还有人在旧车上草草喷涂一番，然后替这车找一个快乐的新主人。“我们到啦。”西米斯特先生缓缓停下车。“需要我进去吗？”

“不用啦，”我说。我打量四周。这里离什么地方都远，路上的车辆呼啸而过。正如西米斯特先生刚才的预言，天果然下起雨来。“六点半？”我问。

“六点半，”他说，“现在洗漱休整一下正合适，哦，顺便说，我们现在改名啦，改成‘读书会’。你觉得怎样？人数在减少，你瞧，有些会员去世了。”

“去世？是吗？”

“哦，是啊。要吸收点年轻人。你真的不需要我帮手拿下那个包?”

埃克尔斯跟那张照片并不是一模一样。这栋房子离公路挺远，看上去就像是从一个停车场里长出来的，乱七八糟的车辆并行停驻[①]，一股脑儿挤在人行道边上。这里曾经是一栋宝相庄严的别墅，但是我在照片上看到的“灰泥”，其实是最近刚粘上外墙的某种新玩意——灰白，起皱，活像被劈开的大脑，或者巨人嘴里嚼的牛轧糖。

我站在台阶上，目送西米斯特先生缓缓汇入车流。雨越下越猛。马路对面有一个地毯仓库，外立面上的招牌上漆着一行字：“大量边角料”。一个看上去郁郁寡欢、整个人蜷缩在拉链雨衣里的男孩正在给仓库上锁过夜。我上上下下打量这条马路。我不知道他们给我准备了什么吃的。通常，像这样的夜晚，我会找点借口——等一个电话啦，胃痉挛啦——推掉“吃顿便饭”的邀请。我向来不愿意延长与东道主相处的时光。其实我并不是个容易紧张的女人，对着百来号人讲话不会让我惴惴不安，反倒是之后的私下闲聊会让我精疲力竭，还有那些闪闪发光的俏皮话，那些像

---

① 指将车停于另一辆停靠在人行道边的车辆旁，常属违章停靠。

铰链一般嘎吱作响的“书话”。

所以我总是尽量溜走；如果我无法说服饭店给我留一盘晚餐，我就出门，在主街尽头找一家小小的、昏暗的、半空的饭馆，来一盘意大利面或者一块鳎目鱼，半瓶劣质红酒，一份散发着柴油味的意式浓缩咖啡，一杯黄色利口酒。可是今晚怎么办？不管他们给我张罗什么，我都得乖乖跟着走。我又不能吃地毯，也没法拿“私人服务”充饥，更不能向毒品贩子的狗讨一根骨头。

雨水把我的头发打湿、压平，我进屋，扑面而来的是旅客们身上散发的臭气。这让我突然想起那次莱斯特之行；不过，这里，埃克尔斯，另有其独特的教人窒息之处。我站着，呼吸着——因为人总得呼吸——一万根香烟的焦油，一万份早餐的油脂；一千个剃刀伤口中渗出来的金属气味，以及七叶树在夜色中散发的气息。种种气味，历久不散，钻进柔软的印花窗帘布里，钻进铺在狭窄楼梯上的红地毯里。

倏忽间，我觉得我的守护天使在我的眼角一闪而过。他随身带来的弱点——偏头痛引发的不安——顿时在我全身弥漫。我伸出手掌，按在贴了墙纸的墙上。

这里好像没有前台，没有可以办入住手续的地方。也许办了也没什么意义：谁会用真名入住，用真名旅行？说到这个，我出门旅行时还真是从来不用真名。有时候我自己也会搞糊涂，哪一个名字用来处理离婚纠纷，哪一个开银行账户，哪一个是我早年写小说用的笔名，哪一个恰巧是用了我祖母或者外祖母的名字。从你开始干这行起，就得确保有一个名字不能忘记：那个你觉得自己无论如何都有权享用的名字。

不晓得从哪里——隔着一扇门，还有另一扇门——突然响起一阵男人的笑声。门猛地关上；笑声最终变成一声喘息，缓缓散尽，就像空中又飘过什么气味似的。接着，有人伸出一只手接我的包。我低头一看，瞧见一个小个子女孩——我是说，一个年近二十的小女孩；身材矮小，弯腰曲背，抓住我的包砸在她大腿上。

她抬头微笑。她的脸有种野性的甜美，肤色发黄；乌黑的眼睛有长长的线条，嘴唇绷紧成一张弓，鼻孔外翻，好像在努力闻风中的气味。她的脖子似乎总是扭着；右侧的肌肉收紧，好像有一只巨大的手在责罚她，把她拎起来紧紧攥住。她的身体瘦小，一侧臀部耸起，一条腿瘸，一只脚拖着走。我之所以发现这一点，是因为她突然从我身边离开，使劲拽着我的包向楼梯走去。

“让我自己来。”你瞧，我的行李里不仅有我正在写的章节，而且有我现在的日记，以前的日记，记在A4大小的螺纹图案笔记本上，我可不想在我出门时让我现在的伴侣看到。我认真想过，万一我在旅途中死了，那留在人世的就只有一书桌参差不齐的散文，还有没加标点的调查笔记。所以我的包小而重。我冲过去赶上她，想从她瘦弱的手上把包拽下来，结果却意识到这铺着红毯的发臭的楼梯颇为陡峭，每格都高得足以把粗心大意之人绊倒，还要经过一个急转才能抵达第一个平台。“一直到顶楼，”她说。她转过头微笑。她的脸转了一个可怕的角度，几乎一直转到刚才后脑勺那个位置。她飞快地横着走，斜倚在她那只特制的鞋子的一侧，冲向三楼。

她扔下我，把我抛在身后。到第三楼平台时，我已经赶不上她了。当我开始往四楼爬时——此处的台阶像一把梯子，在逼仄的空间里气味愈发难闻，郁结在我的肺里——我再次感觉到天使倏然闪过。我胸闷气短，不由停住脚步。“再走几步就到啦，”她在上面往下喊。我跌跌撞撞地跟在她身后。

在黑漆漆的楼梯平台上，她打开一扇门。这房间只是个残片：连阁楼都算不上，只是一段被堵死的走廊。有一扇上下移动的框格窗咯吱作响，一把蔫头蔫脑、有棕色套子的沙发椅，一把有长毛绒纽扣装饰靠背的棕色小椅子——我一眼就看见，每颗纽扣周围都缠着一团灰，就像肚脐上长的毛。想到这里，再加上一直在爬楼梯，我不由一阵恶心。她转向我，摇晃着脑袋，表情暧昧可疑。角落里搁着一只塑料托盘，还有一只小电水壶，塑料都发黄了；还有发黄的麦穗状饰物。此外还有个杯子。

“这些都是免费的，”她说，“赠品。都已经算在里面了。”

我笑笑。同时小心翼翼地歪了下脑袋，仿佛有人在我脖子上挂了个勋章。

“含在房费里。你可以泡茶喝。瞧。”她拎起一个茶包。“咖啡也行。”

我的包还攥在她手里；我低下头，看到她的一双手很大，指关节突出，就像男人的手，还有几处不太引人注意的小伤口。

“她不喜欢这里，”她轻声咕哝。她的头低下来垂到胸口。

她这并不是要低眉顺眼的意思；是在表明她另有所图。她人已经走出房间，冲向楼梯口，我还没来得及换口气，她就在往下赶了。

我的声音紧追她的身影。“哦，请你……真的，别……”

她兀自向下，顺着弯道下楼梯。我跟在后面，伸手去抓，可她一猫腰就逃开了。我狠狠吸了一口气。你瞧，如果最后我还是得上来，那我现在可不想下楼。那些年我并不知道我的心脏有点毛病。这事儿我是到今年才发现的。

我们终究还是回到底楼。那孩子从口袋里掏出一串钥匙。那乖戾阴郁的笑声再度传来，看不见源头在哪里。她打开的那扇门离这笑声太近了，近得我根本没法安心。那房间本身跟别的房间毫无二致，只是里面飘着一股厨房的气味，甜丝丝的颇具欺骗性，感觉就好像衣橱里藏着一具尸体。她放下我的包，搁在门槛上。

我觉得那天我已经经过了长途跋涉，先是从双人床上爬起来——占据这张床另一边的，是一个睡眠很浅的家伙，有时候我甚至觉得他还是个陌生人。然后我穿过整个伦敦，再向东走，到达此地以后又在楼梯上爬上爬下。我觉得我自己现在离这个不知名的男人，离他那如疾风般猛烈、如啤酒般“醉人”的笑声太近了。“我宁愿……”我说。我想请她试试中间楼层。不过，也许并不是所有房间都空着？我可不喜欢还有别人占着那些房间，不愿意想到有这个可能，而且我意识到，在底楼我就离酒吧很近，离人们猛地关上大门的砰砰声很近，离开门关门时漏进来的雨滴和曙光很近，离呼啸而过的车辆很近……她拿起我的包。“别……”我说，“请，请别。让我……”

可是她又逃开了，飞快地、摇摇晃晃地走上红地毯，一只脚拖在后面，这架势就好像她向来都是这么断然拒绝的。我听到她在我头顶上喘气。她又说话了，语气就像是在自言自语：“她觉得那里更糟糕呢。”

直到跑进第一个让我选择的房间，我才赶上她。她斜倚在门上。她没有流露出一点不安的迹象，只有一侧眼皮在痉挛抽搐；唇角也顺势掀起，不再紧贴着牙齿。“我就住这里，”我说。我的肋骨费力地往上抬。“别的房间不用看了。”

突然涌来一阵恶心。那个让人偏头痛发作的天使重重地靠在我肩膀上，打个嗝喷我一脸。我想一屁股坐在床上。可是又觉得这样不合礼数。那孩子放下了我的包。这样一来，她的一双大手悬在空中，一只脚在地板上拖来拖去，整个人看上去反倒更不平衡了。我该怎么办？请她在这里喝杯茶？我想给她点小费，可她这样搬上搬下的折腾，我想不出给她多少才够，何况我估计在我离开这里之前还得欠她不少情，也许最好是加在一起给个整数。

我黯然神伤，站在门口等西米斯特先生。我的鼻子有点鼻涕。西米斯特先生一到我就说，“我得了花粉热。”

“其实我们很近，”他说，接着，经过一段长长的沉默，才往下说：“离会场很近。”我们可以走过去，他这么说。我的身体一缩，回到门口。“或许得考虑一下你这个小毛病，”他说。我继续往里缩：他怎么会弄得懂我的“小毛病”呢？“不过，像这样的夜晚，”他说，“天气潮湿，花粉就没那么厉害了。反正我是这么想的。”

那个开讲座的地方，我只能把它描述成一所废弃不用的学校。那里有学校常见的那种走廊，墙上挂着擦得锃亮的盾形徽章，写着诸如“J·K·罗琳，1963年剑桥毕业生”的字样。[①] 那里有一股学校里的气味，残羹冷炙——米糠和渣滓的味道混在一起。可是，这里并没有实实在在的、今时今日的学生出没的迹象。也许他们都逃到山上去了，把这里留给了读书会。

尽管天在下雨，他们来的人数之多仍堪称壮观：至少有二十个。他们分散在几排长长的座位上，彼此之间留的空隙是深思熟虑的结果：说不定那些去世的会员过会儿会拥进来呢。有几个斜视，有些人拄着拐杖，好多人嘴上都有胡须，包括女人，年轻一点的会员——哪怕是那些第一眼看上去颇为健康的人——眼神都是呆滞涣散的，座位底下都搁着鼓鼓囊囊的包裹，我一下子就明白过来，这里面装着科幻小说的手稿，他们希望我能带走、读完，然后评论一番再寄还给他们——“当然啦，看你方便。”

看待周围世界，除了普通方式之外，还有一种职业的、不带感情色彩的方式。我在一张桌子后面坐下，抿了一口茶，翻翻我的笔记，检查了一下我把手帕放在哪里，然后抬起头，扫视整个

① 这里指的应该就是《哈利·波特》系列的作者J·K·罗琳（当然也可以理解为与之同名同姓的人），但罗琳出生于1965年，也与剑桥毫无关系，这里故意误植，想来也是为了达成某种喜剧效果。

房间，试着模拟一个标准的眼神接触，微笑着从观众的这头扫到另一头：我相信，这种眼神就跟趴在那款叫奥斯丁·麦特罗斯的汽车[①]后座上的昏昏欲睡的狗差不多。西米斯特先生站起身；单单说一句"他站起身"，你是没法想象实际上那个动作能给人留下多深印象的。"我们的客人上周一直身体不适，听到这个消息你会像我一样遗憾，是花粉热，所以她只能坐着开讲座。"

我觉得自己已经成了一个傻瓜，我本来没必要显得这么傻。没有人会因为得了花粉热就非得坐着。不过，我想，凡事还是不解释为好。我滔滔不绝地表演，夹带着古怪的笑话和一两个完全生造的本地典故。讲完之后照例是提问。你第一本书为什么会取这个标题？在《疯人院的下午茶》结尾，乔伊到底出了什么事？回首往事，在我看来，哪些作家对我的写作产生影响？（我照例列出几个含含糊糊、实际上并不存在的俄国人。）前排有个男人说："请问究竟是什么原因促使你'突袭'传记写作的，小姐？还是应该叫您女士？"我无力地微笑，就像往常一样，然后提出建议，"你为什么不叫我罗斯呢？"这话引起一阵小骚动，就好像这名字不属于我似的。

回去的路上，西米斯特先生说他认为讲座不只是"颇为成

---

① 产于八九十年代的一款五门家庭轿车，仓门式后背，属于英国品牌"罗孚"(Rover)旗下。

功”，而是大获成功，他相信大家都满怀感激。我的手刚碰过科幻迷们的手，现在黏糊糊的，袖口上有一道签字笔留下的印记，而且我饿了。

“顺便说一句，我估计你吃过饭。”西米斯特先生说。我颓然坐下。我不明白他为什么会这么“估计”，可我马上打定主意，挨饿就挨饿吧，总好过跟着他到什么饭馆去，读书会成员没准会潜伏在桌布底下，要不就像蝙蝠那样倒挂在衣帽架上。

我站在埃克尔斯的大厅里，擦掉身上的水滴。屋里有股子陈年烹饪油的顽固气味。晚餐时间已经过去，那么现在只有炸薯条了？室内烟雾缭绕，跟头顶一样高。从楼梯脚下的一团团阴影中，那小女孩的身影浮现出来。她抬头凝视我。“我们这里平时不住女士的，”她说。我意识到，与她的嘴相比，她的舌头显得太大了。她说话的时候嗓子里沙沙作响，就好像造她的神正在揉搓他那双干燥的手掌。

“你在干什么，”我说，“为什么你现在还当着班？”

一扇半开半掩的门背后咔哒一声响，然后是几只瓶子撞在一起，还有一只板条箱刮擦地板的声音。过了一小会儿，“韦伯利先生！”有人喊起来。

另一个人的声音在嚷嚷，“妈的怎么啦？”一个个头矮小、邋里邋遢、穿着背心的男人慌慌张张、跌跌撞撞地从一间办公室跑出来，门没关上，能看见里面有高高一叠文件盒正在倒下来。“啊，是作家呀！”他说。

把他喊出来的人并不是我。可是我足以让他逗留一会儿。也许他觉得，以后他就能把这摊原先归罗斯蒙特管的作家生意给撬过来了。他瞪大眼睛看着我；他绕着我走了一会儿；就差用手指拨弄我的袖子了。他踮起脚，把脸凑到我的脸跟前。

“舒服吗？”他问道。

我后退一步。我踩到了那个小女孩。我感觉到我的鞋跟碾到她的肉。她慢慢蠕动着把脚从我脚底下抽出来。她一声没吭。

“露易丝——”那男人说。他咂巴着牙齿，琢磨着她。“滚出去，”他说。

于是我飞奔上楼，只在三楼平台上停了一下。整个傍晚都在堆积一种渐渐加强、缓缓蔓延的气氛。这两个男人让人觉得不祥[①]，让人想起那种也叫“韦伯利”的转轮手枪；我想他们也许认识。我想，我只能在那房间过夜，身边没有伴，看看他们在屎黄色烛芯纱床罩下面铺着什么样的床单被褥。一时间我拿不准应该上楼还是下楼。如果不吃东西我根本睡不着，可是外面下着雨，

---

① 因为西米斯特（Simister）的发音和拼写都与“不祥”（sinister）这个词儿很相似。

一个没有月亮的夜晚，一座诡异的小镇，离市中心有几英里远，而且身上没有地图；我可以叫辆出租车，让司机给我带些吃的来，书里一般都是这么写的，可是生活中人们从来不会这么干，是不是？

我站着，自己跟自己争辩，说来吧，来吧，如果是安妮塔·布鲁克纳[①]会怎么做？接着，我看到有什么东西在动，就在我头顶上；空气微微骚动，抵抗着在室内占据主导的那一大团凝滞的浊气。此刻我的左眼越来越糟，我脑袋左侧好像出现了一些锯齿状的洞，所以我只能把整个身体转过去，才能弄清我到底看到了什么。那小姑娘站在黑暗中，在我头顶上。怎么会？我那可怜的心脏啊——那时还未诊断出毛病来——猛地一沉，砸在肋骨上；可我的大脑在冷静地说话，这是逃生梯吗？还是货梯？

她下楼来，沉默而急切，梯面饱经磨损，所以听不见她的鞋子刮擦的声音。"露易丝，"我说。她伸出一只手挽住我的胳膊。她仰起脸转向我，满脸放光。"他一直这么说，"她喃喃地说，"滚出去。"

"你是他亲戚？"我问。

"哦不。"她抹掉下巴上的口水。"跟这个不相干。"

---

① 安妮塔·布鲁克纳（Anita Brookner，1928—　），英国小说家、艺术史学家。

“你就没有下班时间吗?”

“没有，我得清理烟灰缸，我得在酒吧里洗盘子。他们嘲笑我，那些男人。说你怎么不弄个男朋友呀，露易丝?还冲着我叫，‘大屁股。’”

房间里，我把外套往衣橱外面一挂，打算出门；这样能让我开心一点，这一招我是在柏林的饭店里学会的。我的脸颊发烫。我能感受到羞辱的刺痛，感受到周围日复一日的窃笑；不过“大屁股”似乎还不算是个太粗野的名字，如果你考虑到……一个可怕的念头突然冒出来，我觉得她对我构成了某种考验。我就像是一个记者，在战场上发现了一名孤儿，刚刚蹒跚学步，浑身长满皮癣，在废墟中大声哭喊。你是应该仅仅写篇报道了事，还是抱起这个小可怜，偷偷带回家，教他学英语，在伦敦附近的某个郡里长大?

不出所料，那天晚上充斥着汽车报警器的尖叫、其他房间的收音机断断续续发出的声音，还有远方传来的困兽的咆哮。我梦见罗斯蒙特，它的墙在我周围渐渐淡去，凸窗消散在空气中。一度，半梦半醒间，我被扔到长满真菌的床罩底下，我觉得我闻到了煤气。我再度跌进睡乡，在梦里又闻到了煤气。还有读书会，隐藏的会员们从我床底下滚出来，他们一边窃笑，一边用他们撕碎的手稿堵住我门窗的缝隙。我喘着粗气醒过来。一个问题悬在臭烘烘的空气中。请问究竟是什么原因促使你“突袭”传记写作的，小姐？说到这里，又是什么促使你突袭这种“突袭”的呢？促使任何事情发生的，到底是什么？

早上六点半，我已经下了楼。天气不错。我心里空落落的，窝着一股邪火。门一直开着，一道光透进来洒在地毯上，就像一块被阳光晒化的人造黄油。

我的出租车——照例是预订的，这样就可以飞快地逃走——停在街沿。我小心翼翼地打量四周，看看韦伯利先生在不在。埃克尔斯周围已经开始笼上一层薄雾。烟民的咳嗽声在走廊里回荡，还有外面沿街叫卖的声响，厕所里冲水的声音。

有什么东西在碰我的手肘。露易丝无声无息地来到我身边。她从我手里用力夺过包。“你自己下来了啊，”她轻声说。她一脸惊讶。“你应该叫我一声的。我会来的。你不吃早饭啦？”

她的口气听起来很震惊，居然有人会拒绝食物。韦伯利会给她吃的吗，还是任凭她自己搜罗残羹冷炙，聊以充饥？她抬起眼睛直视我的脸，然后又垂下眼帘。“要不是我赶过来，”她说，“你就走了。你从来不说再见的。”

我们一起站到街沿。空气温煦恬淡。司机正在看他手里的《星报》。他头都没有抬。

"你会回来吗？"露易丝轻声说。

"我想不会。"

"我是说，将来总有一天？"

有一点我从未怀疑：但凡我叫她一起上出租车，她一定会上来。我们可以一起走：我心慌意乱，害怕未来，而她对我充满信任，却又心怀畏怯，她疯狂的眸子将会闪闪发亮，凝视我的双眼。可是然后呢？我自问。然后我们怎么办？而且我有这权利吗？不管个子有多矮，她也是个成年人。她好歹在哪里有个家吧。我低下头盯着她看。在强烈的光线下，她的脸上散布着一块块黄色的光斑，就好像被冷却的茶水染过色；她那宽阔而光滑的额头上也是光影斑驳，但黄得更深，大小和颜色都跟旧铜币差不多。我简直要哭了。可我没哭，我从包里拿出钱夹，往里面瞄了一眼，拿出一张二十镑的，捏拢塞进她手里。"露易丝，你给自己买点什么好的吧？"

我没有看她的脸。我直接钻进了出租车。此刻我的偏头痛越发严重了，左侧的世界不复存在，只有时断时续的黄色闪电。我腹中饥肠辘辘，心里良知虚空，一个劲地犯恶心。可是，还没等出租车慢慢爬到火车站入口，我就已经开始换上了多少有点儿嘲讽的调调。还是退而求其次吧，我想，好吧，A·S·拜厄特[1]一定可以处理得更好——只是我想不出她怎么才能办得到。

我抵达火车站，付完司机的账以后，我发现钱夹里只剩下一块五。提款机也坏了。当然我有信用卡，如果火车上有餐饮服务我可以在那里刷卡吃早餐。然而，广播里说“自助餐车在列车尾部”。车开动五分钟以后，一个男孩坐上了我右边的座位：他是这座小镇上某户人家的儿子，从一只纸板盒子里吃一块灰扑扑的肉，手指上油光闪亮。

一到家，我就把包扔进角落，仿佛跟它有仇，然后站在厨房里——昨晚吃过的碗还没洗，我注意到有两只酒杯——我吃掉了罐子里仅剩的一块奶酪饼干。回去工作吧，我想。坐下来打字。否则你没准会暴饮暴食，活活撑死。

在此后几周里，我写的传记出现了几处意想不到的转折。维尔日妮姨妈和那个墨西哥人时常出没在字里行间。我开始编维尔日妮姨妈和墨西哥人一起私奔的情节，这样一来我的传主就根本没法出生了。我能看见他们在整个欧洲飞奔，如同一场淫荡的狂欢，伴之以玻璃碎裂的声响；喝光温泉镇的香槟，抢劫蒙特卡洛

① A·S·拜厄特(A. S. Byatt，1936—　)，英国小说家、诗人，布克奖得主。

的银行。我杜撰墨西哥人带着战利品回家，还领导了一场革命，维尔日妮姨妈是个类似于“西番莲”[①]那样的人物：不过她喜欢跳舞，就好像伊莎多拉·邓肯的魂魄也钻进了这个人物。跟我以前的小说截然不同。

那年初秋，在我那次东行之后的第三个月，我去了滑铁卢站：准备坐车到汉普郡的一个图书馆里开讲座。彼时，对于英国任何地方的餐饮，我都已经没什么意见了。我转身离开一个卖三明治的柜台，手里有一根我打算小心翼翼地带到阿尔顿去的法棍，我正在调整面包的位置想把它拿稳，一个高个子年轻人撞上来，我的钱包从手里飞了出去。

那是个很满的钱包，被零钱塞得鼓鼓囊囊，硬币在旅客们的脚边翻滚着，飞舞着，在滑溜溜的地板上旋转，撒得到处都是。我的运气倒是不差，因为那些刚从“欧洲之星”列车上下来的旅客们都一边笑一边追着我那点小钱跑，愣是变成了一项体育运动，一分钱也不肯放过：也许他们觉得这是一场逆向乞讨，要不就是某种伦敦习俗，好比那些“珠母纽之王”[②]。那小伙子自己也在那帮欧陆客的脚边跳来窜去，末了，他把满满一手零钱都倒回

① 指西班牙内战中的著名女性，共产党领袖多洛雷斯·伊巴卢丽·戈麦斯（Dolores Ibárruri Gómez，1895—1989），外号“西番莲”。

② 指穿着缀满珠母纽的节日盛装的街头小贩。

到我的钱包里，咧嘴一笑，露出一口白牙，然后，有那么一小会儿，他握住我的手安慰我。我吃了一惊，抬头凝视他的脸：他有一双蓝色的大眼睛，整个人显得羞涩却又自信；他身高六英尺，肤色略微带点古铜，强壮却温和有礼，靛蓝色亚麻外套刻意打着皱褶，衬衫白得炫目；总而言之，他是那么干净，那么甜美，那么金光闪闪，我不由得往后一缩，我想他一定是美国人，我真怕他打算劝我改信什么邪教。

我抵达图书馆，看到椅子的数量野心勃勃——粗略数数有十五把——排成半圆。大部分都坐着人：这算是一场悄无声息的胜利吗，不是吗？我就像开了自动挡，驾驭自如，只有在问到什么人对我影响深远时，我才胡说八道了一番。我杜撰了一个葡萄牙作家，说他甩佩索阿[①]十条街。我心里一直惦记着那个金光闪闪的小伙子，我想如果能跟这种类型上个床换换口味倒也不错。难道不是每个人都应该换换口味吗？可他跟我太不一样了，完全是另一个世界里的人。夜色渐浓，我开始感觉到一丝凉意，不由得打了个冷战，仿佛有一阵风吹着口哨从我的骨头里穿过。

在一个足够干净的房间里，在一张足够好的床上，我坐了一

---

① 费尔南多·佩索阿（Fernando Pessoa，1888—1935），葡萄牙著名诗人，代表作包括《惶然录》等。

会儿，一边读《午夜的正面》，一边在空白处批注，心里在纳闷，不晓得当初我为什么认为大众会喜欢它。我的脸颊发烫，靠在如波浪般起伏的枕头上，然后，往常那些挫败感十足的画面再度袭来；不过，后来，我肯定是在三点左右睡着的。

一夜无梦，我醒来时神清气爽：一个带着苹果酒气息的黎明，空气中透着兴奋与清朗。我翻身起床，很高兴看到有人已经擦洗过淋浴房了。这下我进去不会觉得难受了，于是我便进去。冰凉而柔和的水冲刷着我的头皮。我睁大眼睛。怎么回事？这算一个转折点吗？

八点，我刚登上拥挤的火车，手指就蠢蠢欲动想掏笔记本出来。我们还没来得及开出站台，一个年轻的乘务员，咧开嘴笑嘻嘻地沿着走廊推来一辆满满的手推车，车子在地板上一路弹跳。看到他车上有“大丰收”曲奇饼和包着玻璃纸的金吐司脆饼，我身边的男人挥起手里的《金融时报》拍拍他，然后开始用手指戳戳点点，兴奋地唠叨起来。“茶？”乘务员大声说，“很荣幸，先生！小杯还是大杯？”

我发觉所谓大杯只不过比小杯多加了点水，但这念头很快就被四周那股温和敦厚的气氛吹得烟消云散。我掏出钱包，打开，惊讶地看到女王的脑袋[1]整整齐齐地码在一起，张张都冲着

① 指英镑纸币。

上面。是不是比我预料的要多一张？我皱皱眉头。我的手指弹弹纸币边缘。我离开家的时候带着八十英镑，现在回来好像成了整整一百镑。我有点疑惑（此时乘务员把大杯茶递给我）；但也只是疑惑了一会儿。我记得那个小伙子咧开大嘴露出一口白牙的微笑，记得他灰色头发里夹着几缕金色；记得他完美无瑕的紧实肌肉，还有他的手攥住我的手，那么温文有礼。我把纸币都放回去，放好钱包，心里纳闷：我的种种缺陷，他先察觉到了哪一点？

（2000年发表于《伦敦书评》）

心跳骤停

九月：她刚开始减肥时，妹妹说，不关我的事；减得越瘦越好，她说。直到莫娜开始长毛——细细的汗毛长在脸上，长在脊背凹陷的曲线上——萝拉才抱怨起来。我可不要长毛，她说。这是女孩子的卧室，又不是狗窝。

萝拉的委屈在于：莫娜比她生得早，在此之前她已经用掉了足足三年的空气，占据了本来萝拉可以占据的空间。她相信她出生那会儿，姐姐正在哭哭啼啼，没完没了地"我要我要，给我给我"。

如今莫娜的身型在缩小，就好像妹妹在她身上施了什么魔法，想让她就此消失。她说，但凡莫娜以前不是一直这么贪婪，她现在也不会是这个样子。她什么都想要。

她们的母亲说，"你什么都不懂，萝拉。莫娜并不贪婪。她只是对吃的比较挑剔。"

"挑剔？"萝拉扮了个鬼脸。只要莫娜不喜欢，她就恨不得人人都知道，她会一股脑儿吐出来，带着淡淡的酸水。

为了待在划定的学区，她们只能住进小得可怜的房子，共用一间卧室。“不睡双层床，就只能拿普通中等教育证书！”妈妈说。她说不下去了，自己也被自己搞糊涂了。她话里的意思常常跟字面上不是一回事，可她们早就习惯了；早发性更年期，莫娜说。“你们知道我是什么意思的，”她鼓励她们俩，“我们住这房子是为了你们的将来。对我们大家来说这都是一种牺牲，不过会有回报的。每天早上在你自家的漂亮房间里醒来，然后跑去上一所垃圾学校，女孩子在厕所里就会给人强奸，这就没什么意思了。”

“真会有强奸？”萝拉说，“我可不知道有这种事。”

“她是在夸张，”父亲说。他很少说话，所以听到他这样说，萝拉忍不住跳起来。

“可你知道我的意思，”母亲说，“我看他们下午两点就疲沓沓地回家了，学校不让他们留在那里。他们在自己身体上打洞。还嗑药。在因特网上欺压弱小。”

“这些我们学校也有啊，”萝拉说。

“到处都有这样的事儿，”父亲说，“所以你们不许碰因特网又多了一条理由，萝拉，你听到我跟你说什么了吗？”

如今姐妹俩的房间里再也不准放电脑了，就因为莫娜喜欢看那些网站。那些网页上挂着女孩子张开双臂搁在头上的照片，姿态就像是在受刑。她们的肋骨之间空隙宽阔，就像烤箱架上的一根根杠子。这些网站建议莫娜该怎么挨饿，怎样才能不发胖。面包，黄油，鸡蛋，这样的玩意都会发胖。一只青苹果或者一片绿叶，每天你可以吃一样。苹果必须绿得跟毒药似的。叶子必须发苦。

“这事对我来说很简单，”父亲说，“卡路里这头进来，那头出去。她只要张开嘴，把吃的东西塞进去，然后吞下去。别跟我说她做不到。那只是不愿意罢了。”

萝拉从滴水板上拿起一只勺子。她握着勺子凑到爸爸鼻子底下，就好像那是一支麦克风。“没错，你还有什么别的想说？”

他说，“如果你瘦得像一根针，就永远找不到男朋友啦。”莫娜说她才不想要男朋友呢，于是他嚷起来，“等你长到十七岁，再跟我说这话。”

我永远不会，莫娜说。长到十七岁。

九月：萝拉要求把她们房间里的地毯换掉。“也许我们可以铺木地板？等她吐完容易清理。”

母亲说，“别傻了。她是在厕所里吐的。不是吗？大部分吧？虽然，”她飞快地说，“跟她以前不一样了。”他们只能相信莫娜在好起来。关起门来，他们互相说这话，唠叨个没完；萝拉醒着，都听见了。

萝拉说，“如果我不能换新地毯，如果我得不到木地板，那我能拿到什么？能给我一条狗吗？”

“你真自私，萝拉，”妈妈嚷道，“都到这种时候了，我们怎么还能养宠物？”

莫娜说，“如果我死了，我想要在树林里下葬。你们可以种棵树，树长大了，你们可以来看看。”

“好啊，不错。我会把我的狗带来，”萝拉说。

九月：萝拉说，“惟一的问题是，现在她变得那么小，我都没法偷她衣服穿啦。我本来主要靠这办法惹恼她，现在得找别的法子了。”

整整一年莫娜都穿着羊毛衫，既为了保护肩膀、手肘、臀部免受家具撞击，也为了让自己看起来好歹还有点肉，走在路上不至于让人们指指点点；同时，还有一个原因，哪怕是在七月，她还是觉得冷。不过，对她而言，冬天总是早早就来了，尽管室外阳光灿烂，她也会在衣服里面穿上内衬。站上体重秤接受检查时，她看上去穿着正常，实际上她自己是加了分量的。她会在一条打底裤外面再套一条；每一克都很重要，她对萝拉说。她每天都得上秤。母亲给她称。她总想来个突击抽查，让莫娜来不及准备，可是每当她想起这事儿，莫娜一下子就能觉察到。

萝拉看着母亲拉扯着姐姐的羊毛衫，想在她站上秤之前把衣服脱下来。她们就像操场上的两个小孩子，扭打在一起；萝拉笑着尖叫起来。母亲拽住一只袖子，莫娜直嚷嚷，“噢，噢!”就好像有人揪住她的皮往外拉似的。萝拉看见，她的皮肤松松垮垮。就像去年的校服，如今她穿着嫌大。这也没什么，因为学校已经说得很清楚，这学期不想见到她。等她过了这个坎，他们说，等她回到正常体重再说。因为学校里攀比风盛行。如果女孩子下决心要跟莫娜比一比，那就要造成一群人的不幸了。

每次称完体重，莫娜就会走进卧室，开始一层层脱下她的衣服，萝拉就蜷缩在下铺，看着她。莫娜侧身站在镜子前，肋骨弯得像弓。你可以数数有几根，她说。称完体重以后，她需要寻求慰藉。母亲给她们买了一面落地镜，因为她以为莫娜看见自己的样子会感到羞耻。事实正相反。

十月：早报上有一张骷髅的照片。“哦，瞧啊，”萝拉说，“你的亲戚。”她把报纸推到早餐桌对面，莫娜正坐在那里，捏着一把勺子用力戳一份麦片，眼看着就要把它搞成一堆渣了。“瞧啊，妈妈！他们挖出了一个原始人。”

“哪里?”莫娜说。萝拉大声读出来，嘴里塞得满满的。“阿迪身高四英尺。她名叫阿迪，阿迪皮赛克斯，简称阿迪。简称!”[①]她喷着吐沫星子讲她自己的笑话，橙汁顺着她的鼻子流下来。“他们刚刚发现她。‘她的大脑跟黑猩猩尺寸相仿。’就跟你一样，莫娜。‘阿迪重约五十公斤。’我估计这是她穿上所有兽皮之后的分量，不是那副骸骨的净重。”

“闭嘴，萝拉，”父亲说。不过，紧接着他站起身，走出门，扔下吃了一半的早餐，手里攥着手机。他那把脏兮兮的刀，歪着扔在盘子上，像罗盘针那样在圆盘上晃悠，叮当作响，直到最后停下来。在他们的生活中，他向来只是一道影子。他整天工作，他说，就为了让这所小房子能运转下去，他得替贷款和汽车操心，而她操心的，就只有她那该死的腰围。

萝拉目送他走远，然后又回过头来说那个女原始人。“看她的牙齿就知道她吃的是无花果。‘她也吃树叶和小动物。’哈哈，你能相信吗?”

“萝拉，吃掉你的吐司，”母亲说。

“他们是一块一块发现她的。开始是一枚牙齿。‘搜寻化石的人第一次看到这个种群是在1992年。’正好在我们第一次看到莫

① 指2009年10月在埃塞俄比亚发掘的一尊地猿始祖种的遗骸，被认为可能是迄今发现的最早的人类祖先。

娜之前。”

“谁找到她的？”莫娜说。

“好多好多人。我跟你说啦，他们是一块一块发现她的。‘此项工作历时十五年，涉及四十七位研究者。’”

母亲看着莫娜，说，“你这项工作也花了十五年。将近十五年。只有我一个人干。”

“‘她能直立行走，’”萝拉读道。“你也能，莫娜。直到你的骨头碎成渣。那时候你看起来就像个老太太。”她把吐司塞进嘴里。“不过你可没有四百万岁。”

十一月：有天早上，母亲抓到莫娜在称体重之前猛地灌下一壶水。她嚷道，“这么喝会把你脑袋喝肿的！会要了你的小命的！”她把女儿手上的水壶撞落，在浴室地板上砸得粉碎。

她说，“哦，《七年厄运》。不，等等。那里面碎的是镜子。”[①]

莫娜用手背抹抹嘴。手背上的骨头清晰可见。她就像一份科学作业，萝拉若有所思地说。很快，她身上的人味儿就会一丁点都不剩了。最后沦为“生物学”。

---

①《七年厄运》是1921年由法国人马克思·林德执导的黑白喜剧片，其中“破镜”的桥段脍炙人口：男仆在与女佣调情时无意间打碎了起居室镜子，而刚刚起床正在吃早餐的主人一会儿就要出来净面剃须。怎么办？男仆情急之下一面打电话催促厂家上门更换，一面让另一个仆人改扮“镜中人”以图蒙混过关。

已经有好几个月，一整年，一家人都陷在互相欺骗的泥潭里。母亲总是给莫娜炒个蛋，舀一勺厚厚的奶油拌进去。莫娜住院时，那家康复中心曾经让她吃过白面包三明治，涂上厚厚的黄油，夹着一层层橡皮一样的黄奶酪。她曾经一小时接着一小时地坐在他们面前，用手按面包，想把油脂挤到盘子上。他们总是说，尝点嘛，莫娜。她就说，我宁可死。

如果她的体重下跌幅度达到一定的百分比，她就得再回到康复中心去。他们会站在边上看着她吃东西。三餐都要计时，如果不在规定时间里吃完，就要受罚。工作人员会盯着她，防着她把任何食物悄悄藏进衣服夹层，而且他们也会翻查夹层。每间浴室里都装了摄像头，反正莫娜是这么说的。他们要看看她有没有想法让自己吐出来。然后他们会让她上床睡觉。她在床上待了那么多天，以至于回到家时，两条腿都跟废了一样，惨白惨白。

康复中心的创始人是个苏格兰医生，满怀炽热的理想，她把花园分割成若干块，分配给姑娘们，要求她们在地上种蔬菜。有一回她看到一个挨着饿的姑娘吃了几颗嫩豌豆、蚕豆之类的玩意。看到这一幕，看到这个女孩伸展干裂的嘴唇，浮出一抹嫩绿的、柔和的微笑，一口咬下去，她很感动。真希望她们都能看到，她说，美食来自上帝的良田。

然而有时候女孩们羸弱到连草都割不动，一头栽倒在她们分到的那片地上。然后有人把她们扶起来，掸掉身上的泥；锄头和耙子扔在地上没人管，就像军队在战场上吃了败仗，丢盔卸甲。

十一月：母亲在嘟嘟囔囔，因为超市的运货车没根据订单把货运来。“他们说每隔两小时会运一次货过来，满足你的需求。”她拉开冰箱的门，东翻西找。“我需要欧芹和黑线鳕，做鱼肉馅饼。”

萝拉说，“那玩意看起来就好像莫娜已经吐过似的。”

母亲嚷道，“你这个没心没肺的小婊子。”冷气在她身边缭绕。“就是你把不幸带到这个家里来的。”

萝拉说，“哦，是吗?”

昨天晚上萝拉看见莫娜从上铺溜下来，像一根柱子一样在冷风中发抖；暖气关着，因为活人都不该在这个钟点到处乱走。她推开被子，站起身，跟着莫娜走到黑魆魆的楼梯平台上。她们俩都赤着脚。莫娜穿着一件长长的、打着褶边的衬衫式睡衣，就像一个出没在埃德加·爱伦·坡的短篇小说里的幽魂。萝拉穿着那件旧的“先生们”① 睡衣——这衣服的尺寸适合八到九岁的孩子，

① “先生们”（Mr Men）是英国20世纪70年代出版的一套童书，每本都以某某先生命名，下面说到的“懒惰先生”也是其中一本。这里说到的睡衣应该是指这套童书的衍生产品，衣服上印着插画上的人物形象。

可她就是喜欢穿，简直到了失去理智的地步。“懒惰先生”的形象几乎磨洗殆尽，褪色成一团污渍，睡衣的上半身缩得很高，露出圆圆的小腹；裤腿只覆盖到半截小腿肚，腰上的松紧带已经失去弹性，她只好每走一两步就得拽住裤子，不让它掉下来。借着一轮月牙的光，她看见姐姐的脸浮现在平台上，面色煞白，像月亮一样蒙着阴影，像月亮一样布满坑洞，神秘而辽远。莫娜下楼走向电脑，她要删掉超市订单。

莫娜跑进父亲的办公室，在他的办公椅上坐下。她赤裸的脚跟在地毯上一蹭，椅子就转了个角度，面向办公桌。电脑是父亲工作用的。他警告过她们俩，说她们的母亲当年只不过用用纸笔，也拿到了十个科目的普通中等教育证书；说她们就算要用电脑，也得在严格监控之下；还说她们也可以在公共图书馆里上网。

莫娜在屏幕上打开食品订单。她冲着妹妹用口型示意，“别跟她说。”

用不了多久，她就会发现的。吃的东西总会送来的。向来如此。这道理莫娜似乎没法弄懂。她对萝拉说，“你怎么能忍受让自己这么肥？你才十一岁。”

萝拉看着她坐在那里，神情专注，一边耐心地搜寻那些大人不准她们看的网站，一边在转椅上前前后后地摇晃。她转过身想回到床上去，一边走一边抓住裤腰，不让睡裤往下滑。她听见姐姐嘴里发出一种声音，一种特别的声音，她不知道怎么回事。她转回头。“莫娜？那是什么？”

一时间她们不知道出现在屏幕上的是什么：人还是动物？她们看出那是一个人，女人。她匍匐在地上。她浑身赤裸。脖子上套着金属项圈。项圈上系着一根链子。

萝拉站着，嘴张得老大，两只手拎着睡裤。一个站在视野之外的男人把链子攥在手里。他的影子投在墙上。女人看上去就像一只惠比特犬。她的躯体一片雪白。脸上有污迹，却没有一丁点可以解读的人类的表情。你没法认出她是谁。她可能是某个你认识的人。

“放啊，”萝拉说，“放下去。”

莫娜的手指犹豫了。“工作！他总是窝在这里，工作，”她朝妹妹瞥了一眼。“你还是跟‘懒惰先生’黏在一起吧。这样对你安全一点。”

“放下去啊，”萝拉说，“看看嘛。”

可是莫娜把那画面关掉了。暂时黑屏。她一只手揉揉肋骨，她的心脏就在那里。另一只手悬在键盘上；她又把食品订单调出来。她的双眼扫视了一遍，然后加上超市自营品牌的狗粮。“让他们怪在我头上好了，”萝拉说，“就说我老是幻想养个宠物。”

莫娜耸耸肩。

然后她们仰面躺下，在黑暗中窃窃私语，就像她们小时候那样。莫娜说，他会声称那玩意是他无意中看到的。没准是真的呢，萝拉说，可莫娜不吱声。萝拉在琢磨母亲是不是知道这件事。她说，这样可能会把警察招来的。他们要是来抓他可怎么办？如果他去蹲大牢，那我们就没钱了。

莫娜说，“这又不是犯罪。女人脱光了扮成狗。如果换成孩子，那我想就是犯罪了。”

萝拉说，“她这么干有钱拿吗，还是他们逼她的？”

“也没准她磕了药呢。傻婊子！”看到这个女人或者女孩要么为了钱、要么出于恐惧，像个动物那样趴在地上任凭别人掠夺她的身体，莫娜很生气。“我冷，”她说，萝拉能听到她的牙齿在打战。就这样，她一下子冷作一团，寒气传遍她全身，直达内脏；她的心脏怦怦直跳，重得像大理石。她的一只手按在心口上。她在床上弓起身子，用膝盖抵住下颌。

“如果他们抓他去坐牢，”萝拉说，“你倒可以替我们挣钱呢。现在你都可以上畸形秀啦。”

十一月：从康复中心里跑来的巴塔查亚医生开始讨论多毛症状。这情况时有发生，她说。这叫汗毛。哦，时有发生，我恐怕得这样说。她坐在沙发上说，“对你的女儿我已经无计可施。”

父亲想让莫娜回到康复中心去。“我甚至要说，”他说，“她不走，我就走。”

透过镜片可以看到巴塔查亚医生在眨眼。“我们的资金很困难。从现在开始直到下一个财政年度，我们的经费都得靠拨款。只有碰上最危急的情况才能转诊。继续每天认真填好体重表吧。只要她体重保持稳定，别再减轻就行。如果到了春天情况还是不好，那我们就能把她收进来了。”

莫娜坐在沙发上，双臂交叉搁在浮肿的腹部。她茫然地看看四周。她最不愿意来的就是这里。它把什么都给污染了，她解释说，就是那一勺骗人的奶油。她再也不会相信她的食物就是字面上说的那种东西了，既然食谱都能给篡改，那她也不会相信卡路里摄入表。她是答应过要吃东西，可是别人先违反了协议啊。在精神上，她说。

父亲对医生说，“一直唠叨没什么用，”他捏着嗓子模仿她的声音，“‘莫娜，你在想什么，你要什么？’你不要跟我讲人权这种屁话。她到底想什么，这个再也不重要了。她照镜子的时候，天知道她看见了什么。她的脑袋瓜里在转什么花样，你根本抓不住，是不是？她老是在想象压根就不存在的东西。”

萝拉插了句嘴。“可是我也看见了。”

父母齐声斥责她。“萝拉，上楼去。”

她奋力从沙发上弹起来，蹒跚着脚步走出门。他们没有说，“看见什么了，萝拉？你看见什么了？”

他们根本不听，她告诉医生，我说什么都不听。他们觉得我就是噪音。“我想要个宠物，但是不行，没门——别人可以有条狗，可萝拉没门。”

被赶出房间之后，她站在关闭的房门外，低声呜咽。她用手抓痒。她抽抽鼻子。她用肩膀推门，发出闷闷的响声，撞上去，撞上去。

“家庭心理疗程也许有用，”她听到巴塔查亚医生说。“你们考虑试试吗？”

十二月：圣诞快乐。

一月：“你们打算把我送进康复中心去，”莫娜说。

“不是，不是，”母亲说，“根本没影的事。”

“你刚才在跟巴塔查亚医生打电话。”

“我是在跟牙医打电话。预约。”

莫娜最近掉了几颗牙，这倒是真的。可她知道母亲在撒谎。“如果你把我送回康复中心，我就喝漂白剂，”她说。

萝拉说，“那你就会白得浑身发亮。”

二月。他们讨论如何把她隔离开：母亲说，这就意味着要把她强制关进一家医院，也就是说，你不能出去，莫娜，就像以前那样。

“这完全是你自己的选择，”父亲说，“开始吃吧，莫娜，事情就不会落到那个地步了。你不会喜欢关进精神病院的。他们不会哄你出去散步，然后替你烤一个该死的仙女蛋糕。他们会在你的门上加几把锁，往你嘴里塞满药。跟康复中心是两码事，我得告诉你。”

“更像那种用木头搭的狗屋，我猜，”萝拉说，“他们身上都套着牵绳。”

“你就不来救我吗？”莫娜说。

“你得自救，”父亲说，“没人能替你吃。”

“如果可以的话，”萝拉说，“也许我能替你吃。不过我要收费的。”

莫娜正在瓦解自己。她正在一路倒退，最终化为无形。萝拉是她的翻译，在上铺用清晰的、仿如女先知般的嗓音替她代言。他们都来问她，不管是父母还是医生，从她这里知道莫娜在想什么。莫娜本人则大部分时间都一言不发。

新年之后，她已经让莫娜跟她换了位置，睡到下铺去。她害怕莫娜会从上铺滚下去，在地板上摔得粉碎。

她听见母亲在卧室门后呻吟："她要去了，她要去了。"

她的意思并不是"去商店"。末了，巴塔查亚说，心脏会突然停止跳动。

二月：眼看着要给最后推上一把，跌进最后一道沟，她还是决定要救救自己的姐姐。她用锡纸裹了几个小包——装一块饼干，几颗什锦糖——扔在她床上。她发现饼干还是裹在锡纸里，已经给碾成了碎屑，地板上撒着一片片掰开的软糖，还有粉红色的"果冻龙虾"的残肢。她没法统计碎屑到底有多少，她希望莫娜多少吃了一点儿。有一天她看到莫娜手里拿着那张锡纸，居然平整如初，她在发光的那一面寻找自己的镜像。姐姐的眼睛已经有了重影，她眼里的固体周围都有一圈光环；它们都自带一重鬼影，模糊而飘忽。

母亲说，"你就没有一点感情吗，萝拉？关于你的姐姐，你不知道我们正在经历什么样的事吗？"

"我有感情，"萝拉说。她伸出双手，弯成弧形，环抱住自己，想表明情感会让你膨胀起来。它让你觉得自己整个人都胀鼓鼓的，胸口上堵着重重一大块，弄得你饭都吃不下去。于是她开始剩饭，偷偷地把食物——酥皮点心，一只多余的土豆——混进厨用纸里丢掉。

她记得十一月里的那天晚上，她们俩光着脚下楼到电脑边。站在莫娜的椅子背后，她摸过她的肩膀，感觉就像是掠过一把刀。肩胛骨似乎深深地埋进了她的手，有好几个钟头她都能感觉到；奇怪的是手掌上倒也没留下凹痕；第二天早晨她醒来，那块骨头的形状还历历在目。

三月：如今莫娜的所有痕迹都从卧室里抹去，可是萝拉知道她还在。在近来这些寒冷的夜晚，她单手拎着“先生们”睡裤的裤腰，站着望向窗外，那里是这栋小房子的花园。借着正在盘旋的直升机上的光，借着邻居花园里一闪一闪的安全灯，借着从后面照过来的闪烁不定的街灯，她看见姐姐的身影。她站着，抬头看着房子，全身沐浴在如霜般冷冽的光晕里。车流在深夜里延伸，低沉的马达声不断，然而莫娜整个人都笼罩在一团静谧中。她高高的、笔直的身体在那件长长的衬衫式睡衣里闪着光，她的脸上没有一丁点可以解读的人类的表情。然而，她脚边却趴着一条白狗，像独角兽一样闪闪发光，脖子上拴着一条金链子。

（2009年首发于《卫报》。入选Dalkey Archive Press出版的《2011最佳欧洲小说》）

终点站

一月九日，上午雨夹雪，天色昏暗，十一点过后没多久，我看见我去世的父亲在一列从克拉彭中转站开往滑铁卢站的火车上。

我目光移向别处，我并没有马上把他给认出来。我们在两条平行的轨道上。等我再回头时，火车已经加速，载着他开走了。

我的思绪顿时向前飞驰，奔向滑铁卢站的中央大厅，以及我相信必然会发生的相遇。他坐的那列火车是一节车厢里有六个座位外加一条过道的那种，经过一冬的累积，车窗已经脏得近乎不透明，金属上更是积攒了十年的老垢。我不知道他从哪里来：温莎，还是阿斯科特？你能理解吧，我在这一带经常来来往往，铁路上所有的车都认得。

他选的那节车厢里没有灯。（灯泡通常是被人偷了，要不就是弄坏了。）他的脸上带着些许让人难受的意味；他的双眼笼罩着浓重的阴影，他的表情若有所思，近乎忧郁。

绿色信号灯终于亮起，我坐的这列火车开动。前进的步伐听起来威武庄严，我想他应该比我快七分钟，反正肯定超过五分钟。

我一看见他——忧伤然而笔直地坐在对面的车厢里——我的思绪就回到……回到……然而并没有。往事并没有次第浮现。我试了，可我找不到哪个特定的时刻。尽管我把脑海深处翻了个遍，也搜不出一个来。我很乐意能有一堆旧闻轶事。有的是材料可以杜撰。然而我就是找不到那个时间点，我只知道时间已经过去了好几年。

我们下车时，月台上冷飕飕，脚下滑溜溜。到处贴着警惕炸弹、警惕乞丐的告示，还有嘱咐大家小心不要滑倒或者绊倒的招贴，这玩意简直是一种侮辱，因为极少有人会故意摔上一跤：顶多有那么几个想博人注意的家伙。不知谁专横地安排了一个人收票子，于是大家都在摸索，时间就给拖得更久了。这事让我很恼火；我想把整件事了结掉，不管这究竟是怎么回事。

我突然想到，他看起来年轻了一点，就好像死亡把他往回挪了一个台阶。他的表情尽管颇为忧郁，却含着某种刻意的味道；我能肯定，他走这一遭并非随性而为。正是这种感觉，而非过去的经历——“经历”不都是“过去的”吗？——让我想到他的魂魄徘徊不去，也许是为了碰面。他先是向我奔来，旋即离开，他坐的那列火车也许开往巴辛斯托克，也许远至南安普顿，他也许是故意想腾出时间来见我一面。

我得提醒你：如果有人要跟你在滑铁卢站团圆，那你可得事先安排周全。要正儿八经地写下来，格外小心。当时我就那么呆呆地站着，像一块置身于野蛮激流中的石头，任凭旅客们在我身边横冲直撞。他会到哪里去？他会想干什么？（我当时并不知道——上帝帮帮我——死人通常比较散漫。）想喝杯咖啡？瞄一眼畅销平装本书架？到博姿药店去买样东西，感冒药，还是一瓶芳香精油？

有个小小的坚硬的东西，在我胸腔里，那是我的心脏，那一刻缩成更小的一团。我不知道他想要什么。伦敦的可能性无穷无尽……如果他想绕开我，只想进城……然而，即便如此，面对无穷无尽的可能性，我还是想不出一件他可能想干的事。

于是我到处搜寻他，在W·H·史密斯书店和咖世家门外往里窥探。我很想从记忆里挖掘出几个能让我回首往昔的时刻，却什么也想不起来。我很想吃点甜的，想来杯热巧克力暖暖手，吃块洒上可可粉的意大利华夫饼。可我的思绪是冰冷的，我心里很着急。

我突然想到，他没准是想动身去欧洲大陆。他可以从这里坐火车过去，那我怎么跟得上。我不知道他会不会需要什么文件，会不会带现金。这些天命神授的事情是不是跟人间的规矩有所不同？鬼魂能穿越港口吗？我想象着一群大使的幽魂济济一堂，丝绸袍子里藏着看不见的公文包。

在任何巨大的公共空间里，人们的运动都遵循着某种节奏——这个你应该知道。这种特定的速度并不是哪个人决定的，而是每天破晓之后就会自然发生的。一旦打破这节奏，你就会后悔，因为你会被别人踢到，手肘还会跟手肘撞到一起。然后就会听到凶巴巴的英国式呓语，对不起啊对不起——只是我发觉旅客们的火气常常会大到连常规礼节都不讲的地步，你迟疑的时间长一点，或者一瘸一拐地走上两步，就会给撞到边上去。此时我突然第一次想到，这种节奏真是一个谜，控制它的不是铁路或者市民，而是一种更高的权力：它助长了装腔作势，而对于那些除此之外就不知道该如何行动的人来说，这是一种引导。

在数以千计的汹涌人潮中，有多少人是真实存在的，有多少只是假象，是光影变幻的把戏？有多少——我得问问你——真正彼此关联，有多少完完全全、令人信服地与他们声称的状态相符：也就是说，还活着？那个失魂落魄、漫无目标、灰头土脸的男人，背上背着包的外国人；还是那个一脸饥饿相、让人想起葬身于“瘟疫坑”的死难者的女人？那些住在旺兹沃思棕色房子里的人，住在阳台和走道上的人；那些嘴里咕哝着聚拢到弗吉尼亚湖的通勤者。那些在堤岸上筑巢的人，那些旅客的家里，被雨水洗得亮闪闪的屋顶从窗前吹走。有多少人？

把我跟别人区分开来，行吗？找到我的“非同寻常之处”。指出我肉身的质地。在我的音色中分辨出生者与死者的差别。指给我看看，你知道哪块骨头是活着的。炫耀一下吗，行不行？找一块出来，指给我看。

我继续往前走，看到冷气餐柜里搁着供应给旅客的食物，香气四溢。我瞥到一只袖子，我觉得这件大衣颇为眼熟，我那狭小的心脏顿时就蹦到胸腔边上去了。然而那男人转过身，一脸蠢相，他是另一个人，满足不了我的需求。

剩下的地方不多了。我看看披萨摊，不过我觉得他不会在公共场合吃披萨，不会吃任何外国的玩意。（我的思绪再度向前飞驰，直奔巴黎北站，估摸着赶上他有几成胜算。）我已经查看过外币兑换处，还撩起照相亭的帘子张了一眼，那会儿里面挺空，可我寻思没准儿是耍了个花招，或者来一场考验什么的。

所以现在什么地方都不剩了。我的思绪又回到了他的表情上——你应该记得，我只是在刹那间看到了他，而且他笼罩在重重阴影中——此刻我突然领悟到起初没有看到的东西。仿佛他的目光简直是向内投射的。有某种疏远的意味，想保留隐私：就好像他要严防自己的身份不能泄露似的。

冷不丁——这念头瞬间产生——我恍然大悟：他走这一遭，是想隐姓埋名，悄悄行动。一阵耻辱与愤怒涌来，我禁不住往后一倒，靠在厚厚的玻璃上，那是书店的橱窗：我意识到自己的影像移到了身后，而我的魂魄——披着它的斗篷——也被塞进了玻璃，固定在那里，无论是死是活，反正路过的人谁都可以盯着看两眼，因为我没有力气也没有办法动一下。之前，早上的经历还来不及被细细琢磨、认真审视，此刻终于在心里浮现出来。当时我抬起双眼，抬起视线，怀着赤裸裸的好奇窥探平行轨道上的车厢，出于不太体面的巧合，我碰巧看到了一样我永远也不该看到的东西。

此刻，我得马上到市中心参加一场会谈。我草草披上斗篷，我穿着常穿的那套正装，庄重的黑色。我朝包里看一看，拍一拍，确定所有的文件井然有序。我去杂货摊，递过去一镑的硬币，换回来一包纸巾，塑料护套薄得像一层皮，我用指甲撕开薄膜，纸巾就攥进了我的手里：先准备好，以防落下泪来丢人现眼。不过纸巾宽慰了我，那种触觉。那种让你肃然起敬的感觉。

今年冬天格外阴冷。连老年人都说今年比往年更冷，大家都知道，如果你站在等出租车的队伍里，风从四面刮来，会刺得你眼睛生疼。我正在走向一个冷飕飕的房间，那里的男人个个都是那种完全可以当我爸爸的人，只是为人更温和讨喜一点，他们会解决需要解决的事，谈判需要谈判的事，他们会一致确认会议纪要：我发觉，大多数情况下，委员会轻而易举就能通过会议纪要，可是我们一旦分开各自度日，就会争执辩论——不是吗？——每一秒钟，我们都只相信自己。有一点人们并未达成共识，也并不怎么理解：人是千差万别的，分类标准各种各样，坦白说，死亡倒是最不显著的标准。当林荫道和公园里的灯光绚烂盛放，当城区里仿佛再现维多利亚时代睿智持重的风范，我就又该继续前行了。我看见活人和死人都在通勤路上，都坐着他们熟悉的火车。我可不像你猜的那样，我不是一个需要虚假的激情或者假模假式的新发明的人。然而，我真想撕碎时间表，真想走几条新线路；我知道，在某个不太可能存在的终点站，我会找到一只想被我的手握住的手。

（2004年发表于《伦敦书评》）

刺杀撒切尔：1983年8月6日

1982年4月25日，唐宁街：

宣告收复福克兰群岛的南乔治亚岛。

撒切尔夫人：女士们先生们，国防大臣刚过来向我汇报了一些很好的消息……

国防大臣：我们得到消息，今天下午，伦敦时间下午四点刚过，英国军队便登上了南乔治亚岛……该行动的指挥官发来如下信息："很高兴告知陛下，皇家海军旗跟英国国旗肩并肩飘扬在南乔治亚岛上。上帝保佑女王。"

撒切尔夫人：这条消息让我欢欣鼓舞，祝贺我们的武装部队和海军出师大捷。晚安，先生们。

撒切尔夫人转身走向唐宁街十号门口。

记者：我们要向阿根廷宣战吗，撒切尔夫人？

撒切尔夫人（在门口停下脚步）：非常乐意。

先想象一下她咽下最后一口气的那条街。那是条安静的街，沉着稳重，老树遮阴：街上满是高房子，立面光滑如白色糖霜，一水儿的蜜色砖墙。有些房子建于乔治王朝，正面平整。其余的是维多利亚年代的，有亮闪闪的凸窗。对于现代家庭而言，这些宅子都太大了，所以大多都给分割成了若干套间。但这些老宅匀称优雅的风范并未因此而流失，那些漆成藏青或暗绿、有黄铜包边的镶木大门上泛出的深邃光泽也并未因此而减损分毫。这一带惟一的缺憾是车辆要比车位更多。居民们炫耀着自己的停车证，把车停得车头贴车尾。通常那些自家有固定车道的只能陷在它们的包围圈里。不过这些住家都是有耐心的人，这条气派的街让他们颇为自豪，情愿受罪也要住下去。抬头往上瞥一眼，你会注意到一扇精致纤巧、乔治王朝时代的气窗，一道弧状的暖色陶瓦，或是一角熠熠闪光的彩色玻璃。春天，樱树摇曳，花团锦簇。风起花落，花瓣汇成粉色的激流，替人行道铺上一层花地毯，这情形就像是一对巨人正在当街举行婚礼。夏天，音乐从敞开的窗户飘出来：维瓦尔第，莫扎特，巴赫。

这条街本身略有些弯，与主路汇合后通往城区之外。圣三一教堂独居一隅，挂着军旗。从高处找一扇窗俯瞰整个城区（刺杀那天我就是这么干的），你会觉得军事要塞和城堡什么的都近在眼前。往左边瞥一眼，圆塔[①]森然映入眼帘，轮廓定格在窗玻璃上。不过，碰上细雨绵绵、满天流云的日子，城堡要塞就会淡出视野，像是一幅给擦掉一半的业余画作。线条疲软，边缘模糊；整个缩成一团从河上飘来的阴湿寒气，与其说是给国王们修筑的城堡，倒更像是一座裹着尸布的山。

三一广场右手边的房子——我是说，你面朝城区之外时的右手边——都有挺大的花园，彼时每一座花园都有三四家租客共享。八〇年代初的英国尚未被烤焦味淹没。除了梅登海德和布雷的河边那几家气派的小酒店之外，人们多半对周末烧烤会上浓郁的炭火气味“闻所未闻”。那时候，我们的花园虽然整饬得完美无瑕，却鲜有人迹；街上也没有小孩出没，只有那些自己还得养育孩子的年轻夫妇，还有一些夫妻年事稍长，他们顶多会把门开一条缝，好让夜晚派对的欢声笑语漏一点儿到露台上。温暖的午

① 此处应指温莎城堡建筑群中的那座圆塔（Windsor Castle's Round Tower），建于1170年，历来都是英国皇室禁地。

后，被阳光晒干的草坪无人看管，猫咪蜷在石瓮中的碎土堆上打盹。入秋，下沉式天井里堆着落叶积成肥料，最后被火冒三丈的底楼住户铲走。冬雨浸透了灌木丛，路上一个人都看不见。

然而，一九八三年夏天，这个素来颇有教养、购物者和观光客都会绕道而行的角落成了全国关注的焦点。在二十号和二十一号的花园后面坐落着一家私立医院，一栋优雅的灰白色建筑盘踞在街角。在首相遇刺的三天前，她到这家医院动个眼科小手术。从那以后，这块地方就乱成一团。陌生人推搡着常住客。新闻记者和电视摄制组堵住了马路，在车道上乱停车，拿不出停车证。你能看见他们在斯皮纳小道上步履蹒跚地走来走去，追着电线和灯光跑，眼睛贼溜溜地瞄着卡拉伦斯街上的医院大门，脖子上挂着照相机。每隔几分钟他们就会簇拥在一起，他们的“战袍”汇聚成一大团，好像在彼此安慰，什么事也没发生：不过总会出点什么事的，迟早。他们就这么等着，一边等一边咕嘟咕嘟地喝下纸盒装的橙汁和罐装拉格啤酒；他们吃东西，碎屑溅到前胸，污迹斑斑的纸袋子扔进花坛。圣李奥纳多街尽头的面包房上午十点就卖空了奶酪卷，一到正午，什么东西都没了。温莎人聚集在三一广场上，把手中的购物袋往矮墙上一搁。我们都在瞎猜，咱们凭什么这么荣幸啊，她几时才能走啊。

温莎跟你想象的不一样。这里有个知识分子阶层。你一旦沿着蜿蜒曲折的路从城堡上下来，一路走完皮斯考德街，就会发现，这些知识分子并不都是一脑子保皇思想的马屁精；等你穿过交叉路口拐到圣李奥纳多街，没准还能嗅出一点隐秘的共和派气息。当地社会党的投票点好歹能带来一丝聊胜于无的安慰，人们窃窃私语，说这一票投了也白投；他们只能在投票时耍耍心机来表明自己的感情有多么强烈，或者到艺术中心参加几场标新立异的活动来彰显自己的精神。艺术中心是最近刚从消防站改造翻新的，那些自费出版的诗人把此地视为交流平台，一箱箱发酸的白葡萄酒被四处分发；每逢周六上午，这里还开设关于励志、瑜伽和装裱图画的课程。

然而，撒切尔夫人一来，那些异见分子都上了街。他们三三两两簇拥在一起，打量着记者团，冲着医院大门横眉冷对——门口有一排珍贵的停车位，标明“医生专用”。

有个女人说，“我有哲学博士学位[1]，老是忍不住想把车停在那里。”时间尚早，她买的面包刚出炉，还热着；她紧紧抱着它，像抱着一只宠物。她说，“各种狠话满天飞呢。”

“按我说就该来一把匕首，”我说，“直插她心脏。”

“你这情绪，”她满怀赞赏地说，“是我听过的最狠的话啦。”

① 在英语中，“博士”与“医生”用同一个词表示。

"罢了，我得进去了，"我说，"我在等杜根先生上门修锅炉。"

"周六也能上门修？是杜根吗？那你真是太有面子了。最好赶快去。如果你让他白跑一趟，他会问你收钱的。他这个家伙是个骗子。可你能怎么办呢？"她从包底搜出一支钢笔。"我给你留一个电话号码吧。"我们俩都没纸，她就在我光溜溜的胳膊上写了一个。"给我电话。你会去艺术中心吗？我们可以碰个头，喝一杯。"

门铃响起时我正在把毕雷矿泉水放进冰箱里。我一边放一边想，眼下我们是浑然不觉，不过日后回想起撒切尔夫人在这里的日子，我们将不无快意：在街上交到新朋友，聊聊我们共用的水暖工。大门对讲机照例发出噼噼啪啪的声响，就好像有人在线路上放了把火："上来吧，杜根先生，"我说。对他还是恭敬一点为好。

我住四楼，楼梯挺陡，而杜根向来行动迟缓。所以，当我很快听到有人敲门时，吓了一跳。"你好，"我说，"你的车停妥了吧？"

在楼梯平台上——更确切是在最上面一级的阶梯上（而我独自待在原地）——站着一个身穿廉价棉夹克的男人。当时我的想法很单纯，这是杜根的儿子。"水暖工？"我说。

"没错，"他说。

他费力地走进来，身上背着水暖工常用的那种包。在客厅的弹丸之地，我们的鼻尖都几乎要碰在一起。在英格兰的夏天，他这一身棉夹克委实太厚，把我们俩之间的空间都给占了。我往后挪了两步。“出什么问题了？”他说。

“它要么哼哼唧唧，要么乒乒乓乓。我知道已经八月份了，可是——”

“没事，你没错，你没错，你可没法指望天气靠谱。暖气片热吗？”

“有时热有时不热。”

“你的管道里有空气，”他说，“我一边等，一边把空气放掉。还是这样好。如果你有扳手的话。”

疑虑就是在这一刻爬上心头的。等，他是这么说的。等什么？“你是摄影师？”

他没答腔。他正在身上摸索，搜遍每个口袋，同时皱起了眉头。

“我在等一个水暖工。你不应该闯进来。”

“你自己把门打开的。”

“不是替你开的。不管怎么说，我不明白你为什么要这么费事。从这边你是看不到医院正门的。你得从这里出去，”我直截了当地说，“然后向左转。”

"他们说她会从后门出来。在这里抓个角度再好不过。"

从我的卧室看医院花园，取景得天独厚；只要在我的住所附近走上两圈，就能猜到这一点。

"你替谁工作？"我说。

"这你没必要知道。"

"也许是没必要，可是如果你告诉我，会显得礼貌一点。"

我退回厨房，他跟在后面。房间里洒满阳光，现在我能看清他了：个子不高，结结实实，三十多岁，不修边幅，圆脸，面貌和善，头发乱糟糟。他猛地把包往桌上一扔，脱下棉夹克。他整个人的体积一下子就小了一半。"这么说吧，我是自由职业者。"

"即便如此，"我说，"你用我的房子，就该付我钱。这才公平。"

"这事你不能开价，"他说。

听口音他是利物浦人。跟杜根，或者杜根的儿子完全不相干。可是他直到进屋来站在门口时才开口，所以我刚才怎么能料到呢？他完全可能是个水暖工的，我对自己说。我不是彻头彻尾的傻瓜；此时此刻，我惟一在意的就是自尊。先得验明正身——人们一般是这么建议的——再让陌生人进门。不过，想象一下，万一你把杜根的儿子晾在楼梯顶上，妨碍他及时奔赴名单上的下一户，减少他获取战利品的机会，那他会闹成什么样。

厨房的窗户俯瞰三一广场，此刻那里人声鼎沸。只要我伸长脖子就能看见左侧有个新来的警察，正从“克拉伦斯月牙”宅邸的私家花园一路小跑着出来。“抽一根？”客人找到了他的烟。

“不抽。希望你也别抽。”

“合情合理。”他把烟盒塞进口袋，掏出一块揉成球状的手帕。他从落地窗前往后退两步才站定，用手帕抹了把脸；脸和手帕都搞得又皱又灰。显然，踏进别人的私宅也让他不太习惯。我其实对自己比对他更生气。他要谋生，既然有个蠢女人自己把门打开，那你也许就没法怪他闯进来。我说，“你打算待多久？”

“预计她一小时以后出来。”

“这就对了。”怪不得街上的嘈杂声越来越响。“你怎么知道？”

“我们里面有人，一个姑娘。护士。”

我递过去两张厨用卷筒纸。“谢喽。”他吸干额头上的汗水。“她就要出来了，医生护士正在列队迎候，好让她一一致谢。她将沿着这列队伍走，嘴里念叨着谢谢你和再见，然后蹒跚着从边上绕过去，钻进一辆豪华轿车，扬长而去。嗯，大致如此。我不知道准确时间。所以我寻思，如果我能提前跑到这里来，就能把准备工作做好，看看角度什么的。”

“你抓到个好角度能拿多少？”

“终身监禁，不可假释。”他说。

我笑了。“这又不是犯罪。”

“我就是这感觉。”

“这里有点远吧？”我说。“我是说，我知道你有特殊的镜头，这里也只有你一个人占着，可你就不想来个特写镜头？”

“喏，”他说，“只要我能看得清，距离根本不是问题。”

他把卷筒纸揉成一团，四处寻找垃圾桶。我从他手里接过那张纸，他嘴里嘟囔了一声，然后就忙着解开他的包，那是一只帆布大包，依我看，无论对摄影师还是不管哪种生意人，这包都挺合适。可是，当他把包里的金属配件一样样拿出来时，即便像我这么无知的人，也看出这些玩意不该是摄影师用的。他开始组装这些配件；他的手指纤巧灵活。他一边干活一边唱歌，歌声几乎轻得像耳语，这首小曲是从足球场看台上流传开的：

“你这个利物浦佬，肮脏的利物浦佬，
只有碰上银行转账日才会笑一笑。
你老爸是贼，你妈咪贩毒，
拜托别把咱们的车轮盖也卸掉。”

“三百万人失业，”他说，“他们大多跟我们过着一样的日子。

这里没有这样的问题吧，是吗？”

“哦，没有。这里有的是纪念品商店，人人都有工作。你去过高街吗？”

我想到游客们在人行道上推推搡搡，争抢那些虚头巴脑的旅游纪念品和上了发条的皇家卫士模型。这简直像另一个国家。没有听到楼下的马路上有谁在说话。那位老兄还在哼着小曲，专心致志。我不知道他的歌有没有第二段。他每从包里拿出一个配件，就用一块比手帕更干净的布擦拭，动作轻柔，满怀虔敬，就像弥撒之前，祭台助手擦拭各种器皿。

配件组装完毕，他端起来给我细看。“折叠式枪托，”他说，“她漂亮就漂亮在这里。能塞进装爆米花的袋子里。他们管她叫‘寡妇制造者’，不过这回就不是寡妇喽。可怜的该死的丹尼斯[1]，呃？从现在开始，他就要蛋疼喽。”

回想起来，那会儿时间仿佛给拉长了，向前延伸，我们一起坐在卧室里，他坐在一张靠近框格窗的折叠椅上，手里握着一杯茶，“寡妇制造者”躺在他脚边；我自己则坐在床沿，我刚才匆忙拽下羽绒被，好显得整洁一点。他把那件夹克从厨房带到了这

① 指撒切尔夫人的丈夫，商人丹尼斯·撒切尔。

里；说不定口袋里塞满了刺客的必需品。他把夹克往床上一扔，它直接就往下滑。我试图抓住那夹克，手掌从尼龙表面上滑过；就像滑过一只爬行动物，它似乎有自己的生命。我砰的一声把衣服往身边的床上一扔，然后抓住衣领。他看在眼里，带着温和的赞许。

他不停地瞄着手表，尽管他说过时间并不确定。有一回他用手掌擦擦表面，似乎生怕表面起雾，看不出下面显示了不同的时间。他不时用眼角的余光看看我是不是还待在原地，我的手必须放在他能看见的地方：他说过，他希望如此。接着，他凝视草坪，还有后院的栅栏。仿佛为了离目标更近，他摇晃椅子，重心移到椅子的前腿上。

我说，“我受不了的是她那假模假式的女人气，装腔作势的嗓音。她夸耀她那个杂货商老爸，说他教过她如何如何，可你知道，但凡能做到，她巴不得改变出身呢，巴不得生在富人家。我受不了她那副热爱富人、崇拜富人的样子。而且她没教养，很无知，非但无知而且为此沾沾自喜。她没有同情心。她干吗要在眼睛上动手术？因为她不会哭？”

电话铃响起时，我们俩都一跃而起。我话说到一半，骤然停住。“接电话，”他说，“是找我的。”

我很难想象在今天的计划背后，到底有多少错综复杂、环环相扣的活动。“等等，”我对他说，接着我问他，“喝茶还是喝咖啡？”同时我打开电水壶。“你知道我在等水暖工吗？我相信他马上就会来。”

“杜根？”他说，“甭指望了。”

“你认识杜根？”

“我知道他不会来。”

“你们把他怎么了？”

“哦，看在上帝的分上，”他鼻子里哼了一声。“我们干吗要把他怎么着呢？没必要。他得到信号啦。我们到处都有伙计。”

伙计。一个讨人欢喜的词儿。简直古风盎然。老天，我想，杜根是爱尔兰共和军。我的客人倒没提过自己属于什么组织，可我心里大声说出了这个名字。这个词儿也许会吓着你，或者弄得你心烦意乱，对我却并非如此。我把这话跟他说了，一边说一边伸手到冰箱里拿牛奶，等着水壶烧开。我说，如果可以，我希望能阻止你，但这只是因为我担心自己，担心你干完以后——顺便问问你到底是要干吗？——我会有什么结果。我可不是这女人的朋友，但我不相信（这话我不得不说）暴力能解决任何问题。但我不会出卖你，因为……

“可不是嘛，”他说，“人人都有个爱尔兰祖母。这可什么也保证不了。我在这里就是要看着你。我才不管你有什么亲缘关系呢。离窗户远点儿，也别碰电话，不听话就要你的命。我才不管你那些该死的叔公们在某个周六晚上唱过什么歌呢。”

我点点头。那不过是我自己的想法而已。多愁善感，但没什么干货。

“吟游少年，舍命从戎，
沙场捐躯，静卧尸丛。
父辈宝剑，犹佩腰间，
桀骜竖琴，身后悬空。”①

我的叔公们（这一点他倒真没说错）对“桀骜竖琴”可不会有什么概念，哪怕这玩意突然跳起来在他们屁股上咬一口。爱国主义只是他们所谓的“一醉方休”的借口，而彼时他们的老婆通常在喝茶吃姜汁饼干，然后躲进厨房背诵玫瑰经。整件事都是借口：为什么我们要饱受压迫。为什么我们就得被人安置在这里饱受压迫，而其他种族的人在忙着以种种渎神之举改弦易辙，买三件套家具过过小日子。当我们扎根在原地，守着这“啦啦啦古老的爱尔兰”时（隔着遥远的时光，那些词儿我们都已经不会说

① 这是一首著名的爱尔兰爱国民歌《游吟少年》中的歌词，作词者是托马斯·莫尔（Thomas Moore，1779—1852）。

了），我们的邻居们在给他们的争端寻找权宜之计，他们把自己的先祖抛在脑后，向现代社会、向种种与教派纷争无关的耻辱进发，这些现象都表达在现代歌曲中：你这个利物浦佬，肮脏的利物浦佬。其实我本人并非如此。不过，在南方人看来，整个北方都是一回事。在伯克郡，伦敦周边的各个郡，所有的争端起因都相差无几，那些人们可能到死都会念念不忘的说法不外如此：他们都是些讨厌鬼，不仅破坏和平，还会扰乱交通，害得火车误点。

"你好像对我的情况有所了解啊，"我说。我的口气颇为怨恨。

"反正需要知道多少，我就知道多少。也就是说，这并不是因为你这人有什么特别的地方。如果你乐意，那你帮得上忙，如果你不乐意，那我们也有相应的办法。"

听他说话的口气，就好像身边有多少同伴似的。其实只有他一个人。但他是个壮汉，哪怕没穿着那件棉夹克。就算我是个不折不扣的极端保守派，就算我是那种生性虔诚、连一只小虫子都不肯碾死的人——此时此刻我也不敢跟他玩什么花样。实际上，他觉得我应该是个听话的人，也没准，尽管他嘲笑了我两句，但多少对我有点信任感。不管怎么说，他让我端起那杯茶，跟他一起进了卧室。他用左手端着他自己那杯茶，右手握着枪。在此之前，他从包里掏出一卷胶带和一副手铐，放在厨桌上，没有带走。

此刻他要我拿起床边桌上的电话分机递给他。我听见一个女人的声音，怯生生的，好像离得很远。你不会想到她就在拐角上的那家医院里。“布兰登？”她说。我想这不会是他的真名。

他猛地放下听筒，手脚太重，发出哐啷一声响。“他妈的拖拖拉拉。还得过二十分钟，她估计。也可能半小时，弄不好还会半小时哦。”他吐出一口气，那架势就好像自从他踩着沉重的步伐上楼以后，这口气就一直憋到现在。“操。茅坑在哪？”

刚才还在拽文，说“亲缘关系”，现在又来一句“茅坑在哪？”，碰到这样的人你也许会大吃一惊。“茅坑”可不是温莎人会用的词儿。其实这根本算不上什么正经问题。公寓很小，房间格局一目了然。他带上了枪。我听他撒尿。打开水龙头。我听见水花泼溅。听见他出来，拉上裤链。在他脸上，他正用毛巾猛擦的部分红了一片。他狠命往下一沉，坐在折叠椅上。脆弱的藤结构发出类似羊叫的声音。他说，“你胳膊上有一个电话号码。”

“对。”

“什么号码？”

“一个女人。”我用食指在舌头上蘸一蘸，从那摊墨迹上滑过。

“你这样是擦不掉的。你得抹点肥皂，用力擦。”

“你可真是好心，还关心这个。”

"你有没有写下来？她的号码？"

"没。"

"你不想要？"

除非接下来我还有活路，我想。我不知道什么时候问才合适。

"再给咱们泡壶茶吧。这回记得加点糖。"

"哦，"我说。我发觉自己待客不周，不由慌了手脚。"我不知道你要糖。可能我这里没有白糖。"

"资产阶级，是不？"

我发火了。"你有种就别透过我这扇资产阶级的窗户向外面开枪啊，做不到吧？"

他一个趔趄倾身向前，一只手摸索枪。这不是冲我来的，可我的心还是猛地跳了一下。他低头怒视着花园，神情紧张，就好像要用脑袋把玻璃撞碎似的。他不满地轻声咕哝了一句什么，然后又坐下来。"栅栏上有只该死的猫。"

"我有德麦拉拉糖[①]，"我说。"搅一搅，我估计味道差不多。"

"你不会想法对着厨房的窗户外面大喊一声吧，是吗？"他说，"或者干脆到门外锁住楼梯口？"

"什么，我那些话都白说啦？"

---

① 一种产于西印度群岛及其邻近国家的淡棕色砂糖。

"你以为是站在我这边的?"他又出汗了。"你并不知道我是哪一边的。相信我，你根本不知道。"

我突然想到，他也许不是爱尔兰共和军临时派，而是传说中的某个疯狂的、分裂出来的小组织。我也没什么好找茬的，反正结果也不会有什么两样。可我还是说，"资产阶级，这算哪门子工艺专科学校的词汇呀?"

我在羞辱他，我是故意的。我得解释一下，在那个微妙敏感的年月，工艺专科学校也算是个接受高等教育的地方，专收那些进不了大学的年轻人：他们聪明到会说"亲缘关系"，却只能穿廉价的尼龙外套。

他皱了皱眉。"泡茶。"

"我觉得你不该嘲笑我叔公是爱尔兰人，既然你们自己整天在喊那些从废料车里找来的口号。"

"一种玩笑罢了，"他说。

"呃。哦。真的吗?"我吃了一惊，"看起来我的幽默感也不比她强到哪里去。"

我一边说一边向着窗外的草坪歪了一下脑袋，首相大人很快就要死在这里了。

"我倒不觉得她不爱笑有什么问题，"他说，"这点我不怪她。"

"你应该怪她。正因为如此，她看不出自己有多么荒唐。"

“我可不会说她荒唐，”他倔头倔脑地说，“残忍，邪恶，就是谈不上荒唐。这有什么可笑的？”

“不管什么事，人类都能发笑，”我说。

他琢磨了一会儿，答道，“耶稣会哭。”

他傻乎乎地笑起来。我看见他渐渐放松，他知道，就因为这“他妈的拖拖拉拉”，他现在还用不着实施谋杀。“我得提醒你，”我说，“如果她在这里，说不定就会笑。她笑是因为看不起我们俩。看看你身上的棉夹克。她看不起棉的厚夹克。看看我的发型。她看不起的我的发型。”

他抬头瞥了一眼。在此之前他一直没看过我，也不想看清我；我只是个泡茶的。“就是这样直接让头发垂下来，”我解释了一下，“而不是卷成波浪。我应该先洗好再定型。应该戴上圆锥形卷发筒，她只要做好头发，就能气定神闲。我也不喜欢她走路的样子。‘蹒跚，’你是这么说的，‘她会蹒跚着绕过去。’这话你说得对。”

“你猜我这样做为了什么？”他说。

“爱尔兰。”

他点点头。“我希望你能明白。我杀她可不是因为她不喜欢歌剧。或者因为你不喜欢——妈的你管它叫什么来着——她身上那些装饰品。跟她的手提包无关。跟她的发型无关。这是为了爱尔兰。只为了爱尔兰，懂吗？”

"哦，我不明白，"我说，"你自己也有点儿装。你跟那个古老国家的关系，并不见得比我更近。你的叔公也不认得那些词儿。所以你大概想再找点次要的理由。加点儿修饰成分。"

"我是在传统教育中长大的，"他说。"瞧，正是传统把我们推到了这一步。"他打量四周，似乎难以置信：十分钟之后，你的献身计划的关键性一幕就要上演，而你背对着一个闪闪发亮的白色贴面刨花板衣橱，眼前是纸质的百褶遮阳罩，一张没有铺好的床，一个古怪的女人，你最后一杯茶里居然没加糖。"我想到那些绝食的男孩，"他说，"第一个死的那天，与她第一次赢得大选正好隔了两年。你知道吗？鲍比用了六十六天才死。另九个男孩不久以后也跟着去了。他们说，当你饿了大约四十五天之后，感觉反而会好一点。你不再干呕，你又能好好喝水了。可是这也是你最后的机会了，因为绝食五十天之后你就几乎看不出也听不见了。你的身体把自己给消化了。它在绝望地吞噬自己。你还纳闷她为什么不会笑？我看不出有什么可笑的。"①

"我能怎么说？"我问他。"你的话我每句都同意。那你去泡茶，我坐在这里看着枪。"

---

① 指1981年3月开始的爱尔兰共和军囚犯绝食事件。由于不满监狱管理犯人的制度，要求得到政治犯待遇，这些囚犯发起绝食抗议，但撒切尔夫人毫不妥协，哪怕绝食者中有数人被活活饿死，也拒绝退让半步，最终绝食抗议无果而终。

片刻之间，他似乎考虑了一下。

“你打不准。你根本没受过训练。”

“你是怎么受训的？”

“打靶。”

“这跟活人不一样啊。你可能会打中护士。还有医生。”

“是有可能，就是这样。”

我听到他长长的、显然属于“老烟枪”的咳嗽声。“哦，对，茶，”我说。“可是，还有件事你知道吗？临终前他们可能已经瞎了，咽气时眼睛却睁着。你没法指望从她治下的政府里逼出一丝同情心的。她为什么要谈判？你为什么要指望这个？对他们来说，十几个爱尔兰人算什么？一百个又怎样？这些家伙个个都是刽子手。他们装得像现代人，其实，如果让他们由着性子来，他们会在广场上把人的眼珠子活活抠出来。”

“这没准倒不算坏事，”他说，“绞刑。在某些时候。”

我瞪大眼睛盯着他。“给爱尔兰烈士用吗？好吧。总比把自己活活饿死要来得干脆。”

“也是。这话我没法反驳你。”

“你知道酒吧里的男人们怎么说？他们说，报一个爱尔兰烈士的名字吧。他们说，报啊，报啊，报不出来吧，对不？”

“我能报出一串呢，”他说，“这些名字都列在报纸上。两年了，时间太长所以记不起来了？”

“也不是。但是你们得有后劲啊，是不是？说这话的，都是英格兰人。”

“你说的没错。他们是英格兰人，”他哀伤地说。“他们什么也记不住。”

十分钟，我想。十分钟左右。我没理会他的禁令，悄悄靠近厨房的窗户。街上陷入了工作日常见的迟滞懒散的景象，人群集中在拐角。他们肯定是估摸着她马上要出来了。厨房的料理台上有一台电话，就在我手边，可是如果我拿起话筒，他会听到卧室的分机发出一声微弱的啸叫，那他就会跑出来杀了我，不会用子弹，而是用某种不那么鲁莽的方式，以免惊动四邻，坏了他今天的大事。

我站在水壶旁看着它烧开。我在想：她的眼部手术成功吗？她出来的时候，视力是否恢复正常？他们是不是得扶着她？她的眼睛会缠着绷带吗？

我不喜欢这样的画面出现在脑海中。我大声问他，想知道答案。不会，他吼着回答，那双老眼会像大头针那样尖。

我想，她眼里没有一滴眼泪。不会为公交车站上淋雨的母亲哭泣，也不会为着火的海轮上的水手哭泣。她一个晚上只睡四小时。她的生命给养，是浓烈的威士忌，还有她的猎物血液中富含的铁质。

我端着第二杯加了德麦拉拉糖的茶回去时，他已经脱掉了宽松羊毛套衫，那衣服的袖口已经脱线；他是打算把这些穿进坟墓去的，我想，一层又一层，却挡不住坟墓里的寒冷。羊毛衫下面是一件褪色的法兰绒衬衫。扭绞的衬衫领子卷成一团。我想，他看起来应该是个只能自己洗衣服的男人。“命里就没什么放不下的人吗？[①]”我说。

“没，”他说，“我不会跟那些女佣们太认真的。”他伸出一只手把头发压压平，好像这样整饬一番以后就可能改变命运似的。“也没孩子，呃，反正据我所知是没有。”

我把他的茶递过去。他吞下一口茶，脸上抽搐了一下。“完事以后……”他说。

“什么？”

“完事以后，他们会知道子弹是从哪里飞来的，他们不用费什么工夫就能明白。我一下楼，走出大门，他们就会当街抓我。我会带上枪，所以他们一看见我就会毙了我。”他顿了一下，然后接着说，就好像我刚才反驳了什么似的。“这样最好。”

---

① 原句为“Hostages to fortune？”这个词组在英语中有一层意思是指“随时可能失去的人（或物），尤指妻室儿女”。而后文中言及“命运”，正是承接上文，将这个词组中的fortune（命运）一词单独拿出来做文章，所以此处翻译时突出了“命”。

“啊，”我说，“我还以为你想好了计划。我是说，想好免于一死的计划。”

“我还能有什么更好的计划？”话音里只有一丁点自嘲的意味。“这是天赐良机。医院。你的阁楼。你的窗户。你。代价低廉。行事利落。把这活儿干成了，只牺牲掉一个人。”

我刚才跟他说过，暴力解决不了任何事。可这话只能聊表虔敬，好比吃肉前念两句祷文。我说这话时其实心不在焉，但凡我真的那么想，我就会觉得自己很虚伪。这只是强者对弱者布道而已；你从来不会听到弱者对强者这样说；强者是不会放下武器的。“我耽搁你几分钟如何？”我说。“假如你打算穿着外套直面杀戮，那也做好准备再去：可不可以把‘寡妇制造者’放在这里，带上你的空包，像水暖工那样走出去，就像你进来时那样？”

“我只要从这栋房子里走出去，就完蛋了。”

“可是如果你从隔壁房子里出去呢？”

“怎么才能办得到呢？”他说。

我说，“跟我来。”

要离开这个“哨卡”让他颇为紧张，但他答应过我了，只能去。我们还有五分钟，我说，你很清楚这一点，那么就来吧，把枪妥妥帖帖地搁在椅子底下。客厅里，他紧贴在我身后，我只好叫他往后退一步，这样我才能开门。“顶住门闩，”他建议道。“如果我们给锁在楼道里，那就成了一场闹剧。”

这些房子的楼道里光线都很差。你可以按墙上的定时开关，一大片黄光就会洒在楼梯平台上。在限定的两分钟过完之后，你又会回到黑暗中。不过此时已经不会像刚才你以为的那么黑了。

你站着，轻轻地、平和地呼吸，眼睛适应了光线。双脚无声地踏上厚地毯，只下半段楼梯。听：房子里没有声音。共用楼道的房客们白天都在外面。紧闭的房门抹杀、屏蔽了外面的世界，听不见收音机喊喊喳喳播新闻的声音，听不见城区里游客们的喧闹声，就连那些一边下降一边开往希思罗机场的飞机发出的那种大难临头般的轰鸣声也听不见了。楼道里空气不流通，散发着一股子樟脑味，就好像那些起初居住在这里的人们正在嘎吱嘎吱地把衣橱打开，把他们的丧服从里面拎出来。既无须进屋也无须出门，你虽然有形有迹，却没人看得见，你可以在这里清清静静地窝上一个小时，闲荡上一整天。你可以睡在这里；你可以做梦。既非无辜亦非有罪，你可以躲在这里逃避一切责任，躲上几十年，而与此同时，那位市政官的女儿[①] 在渐渐变老：在台阶与台阶之间，你自己也渐渐变老，从你名字的绞索中滑脱。有朝一日

① 指撒切尔夫人，她的父亲既是个杂货商，也在当地担任市政官。

整个三一广场都会倒塌，变成一堆石膏粉和落满粉尘的骨架。时间逼近零点，一个点：天使们将在废墟中一层层挖掘，从阴沟中踢出一片片花瓣，胳膊缠上一条条撕烂的旗帜。

楼梯上飘过一句低语："你会杀我吗？"这是那种惟有在黑暗中你才会提的问题。

"我会堵住你的嘴，用胶带绑起来，"他说。"在厨房里。你可以跟他们说，我一闯进门就这么干了。"

"可你打算什么时候真的这么干呢？"又是一声低语。

"就在开枪之前。之后就没时间了。"

"那可不行。我想看。我可不想错过这个机会。"

"那我就把你绑在卧室里，好吗？我把你绑在你能看得见的地方。"

"你可以让我在这之前就溜下楼。我会带上购物袋。如果没人看见我出门，我就说从头到尾我都在外面。不过你得保证做出破门而入的样子，行吗？就跟闯窃一样？"

"我发现你对我这行还挺懂的。"

"我在学。"

"我还以为你想亲眼看着这事儿发生呢。"

"我能听见的。就像从古罗马竞技场传来的咆哮。"

"不行。我们不能这么干。"互相碰了一下：手从胳膊上滑过。“指给我看吧。把我带到这里是来干吗的，浪费时间嘛。”

宽梯台上有一扇门。看起来像是通往一间放扫帚的壁橱。可是门很重。重得很难拉开，手在铜把手上直打滑。

“防火门。”

他斜倚过去，猛地拉开。

门后面，两英尺开外，又是一扇门。

“推。”

他推了。缓缓地漂移，一团黑暗融入另一团相得益彰的黑暗。同样淡淡的、滞闷的、积压已久的气味，私人空间与公共空间交汇处边缘的那种气味：大楼地毯上的雨滴，湿漉漉的伞，潮乎乎的皮鞋，钥匙的金属气味，掌心粘上的金属盐。但这是隔壁的那栋房子。俯视可见昏暗的楼梯井。一模一样，却不是一回事。你可以走出那栋楼的构架，跑进这一栋来。走进二十一号时，你是个杀手。从二十号走出去，你就是个管道工。在防火门另一边是另一群住户和另一些生活。种种迥然相异的历史比邻而居；它们就像冬眠的动物，蜷起身子，浅浅地呼吸，测不到脉搏。

显然，我们需要的是争取时间。匀出一小会儿，我们就能从看起来没有回旋余地的绝境中突围。这建筑的结构里有玄机。概率很小，但这是惟一的机会。从隔壁楼的那扇门出去，他就离这条街的尽头又近了几码：离真正的尽头也更近，离开城区和城堡，脱离罪恶。我们必须做这样的打算：尽管他摆出一份殒身不恤的样子，却未必真的想死，但凡还有一线生路——但凡在周围的街道上，一户住家的车位或者车道的出入口上，有一辆车违章停在那里等他，要把他送到别人够不到的地方，让他消弭于无形，就好像从来没出现过。

他踌躇片刻，望着眼前的一团漆黑。

“试试看吧。别开灯。别说话。穿过去。”

谁不曾见过墙上的门？那是残疾儿童的慰藉，是囚徒的最后一线希望。它是濒死者最便捷的出口——他的死，不会是被死神捏在手中，喘着粗气发出尖利的惨叫，而是在一声叹息中辞世，如一片坠落的羽毛。它是一扇特殊的门，不会遵守任何支配木材或者钢铁的法则。没有哪个锁匠能挫败它，没有哪个看守能踹开它；巡警会从门前绕过，因为这扇门虽然有形，却只有信徒才能看见它。一旦穿过了这扇门，你回来时就成了天使与空气，火花与火焰。刺客宛若一枚火星，这你知道。走出防火门他就熔化了，所以你永远不会在新闻里看到他。所以你不知道他的名字，他的面孔。所以，正如你所知，撒切尔夫人一直活到终老。然而，记住那扇门，记住那堵墙，记住那扇你从来看不到的墙上的门有多大的力量。记住你打开一条缝时从门里吹来的寒风。历史永远会有别的可能。因为有时间，有地点，有黑色的机遇：那一天，那一刻，灯光斜照，远处，靠近辅路，冰淇淋车叮当作响。

回过头来，回到二十一号，刺客笑着咕哝了一句。

“嘘！”我说。

“这就是你的重大建议？让我在街上跑得稍远一点再被他们枪毙？好吧，我们就试试。从另一条线出去。来点惊喜。”

时间很紧。我们回到卧室。他没说我是不是能活着，也没说我应该做其他打算。他示意我去窗口。“开窗。然后后退。”

他担心突然冒出一阵响动会惊动楼下的什么人。不过，尽管窗户很重，有时候窗框还会颤动，但把窗子往上推时滑动自如。他用不着发愁。花园里空无一人。但在医院里，比栅栏和灌木丛更远处，有人在活动。他们开始出来了：不是官员，而是乱哄哄的一群穿着制服、戴着帽子的护士。

他端起“寡妇制造者”，轻轻搁在膝头。他抬起椅子往前倾，我看见他的双手又被汗水弄得滑溜溜的，就给他拿来一块毛巾，他一言不发地接过去，擦了擦掌心。再一次，我联想到了某种具有宗教意味的东西：祭品。一只黄蜂在窗台上漫步。花园里传来的香气充盈着水分和绿意。温煦的阳光摇摇晃晃地照进来，先映得他破烂的粗皮鞋闪闪发亮，再羞涩地拂过梳妆台表面。我想问：当那件终将发生的事情发生时，动静会很大吗？我要坐到哪一边？我要坐着吗？还是站着？站在哪里？他旁边？也许我应该跪下来祈祷。

现在我们离目标只差几秒钟了。露台和草坪上，医院里的员工们在喊喊喳喳地讲话。一列欢送的队伍已经排好。医生，护士，职员。厨师也加入进来，穿着白制服，顶着厨师帽。这种帽子我以前只在儿童绘本里见过。不由自主地，我笑出了声。我能感觉到刺客呼吸的每一次起伏。一阵静默降临：落到花园里，落到我们身上。

高跟鞋踩在布满苔藓的小路上。踢踢，哒哒。蹒跚前行。她勉力而为，步子却快不起来。单手挎着包，像挂着一副盾牌。跟我猜想的一样，她一身定制套装，猫咪蝴蝶结，一长串珍珠项链，还有——这可是新添的一笔——一副硕大的遮风眼镜。毫无疑问，这眼镜是替她遮风挡光好经受下午的这些考验的。她伸出一只手，沿着队列往前走。我们终于到了这里，世上所有的时间都凝固在这里。枪手跪下来，气定神闲地拉开架势。他看见了我看见的景象，看见那一头浓密的头发在熠熠闪光。他看见那发色闪亮，像落在阴沟中的金币，他看见它硕大如一轮满月。黄蜂在窗台上盘旋，悬浮在仿佛凝止的空气中。这个世界轻松地眨了一下它那只盲眼。“非常乐意，”他说。“他妈的非常乐意。”

英文学校

"最后，"马多克斯说，"我们转悠了一圈，最后来到的这个地方，是这栋房子里极不寻常之处。"他停顿片刻，以此向她强调，她这下可是要得到优待了。"也许，玛赛拉小姐，你上一个东家并没有'避恐室'[①]吧？"

玛赛拉用手捂住嘴。"上帝保佑他们。全家人一起进来，还是一次只能进来一个？"

"房间能装下一家人，"马多克斯先生说。"如果有必要的话。就是那些上帝禁止的事。"

"上帝禁止的事，"她重复了一遍。她想到一群人乱作一团……她不明白，恐慌是怎么产生的，又是如何蔓延的。从父母传给孩子，还是孩子传给父母？"医生没法帮帮他们吗？"她问道。"有些药可以让人不发慌的。他们还说，可以往一只纸袋子里呼气、吸气。多少有点用，我不知道是什么道理。"

管家马多克斯先生转过头盯着她看，她知道她错了。也许是她的表现太自来熟。也许是她弄错了他的意思；这个可能性大点。“所以这不是那种，”她试探着说，“让你惊慌失措的时候走进去的房间？”

“这可不只是个房间，”马多克斯先生说，“而是一套设施。跟我来，我带你看看。”可他随即转过头。“如果你刚才是在开玩笑，我真心希望你以后别来这一套。我本人从幼儿园的英语老师那里受益良多。我能像本地人那样开玩笑。不过，在圣约翰伍德这样高级的地段，或者在这座大都市里任何一个绿树成荫的地方，你一不小心就会冒犯到别人。”他隔着T恤衫拍拍大肚子。(我们可是个不拘礼节的现代家庭，有人跟她这样讲过。)“玛赛拉小姐，”他说，“跟我来。”

她根本就不可能猜到，他们接下来穿过的那扇门是一扇门。看起来那只是一道墙。门一开，灯就自动亮起来，然后这栋房子隐秘的一角才展现在她眼前，若非深知内情者，比如管家，别人压根就看不见——此处就是他刚才说到的那个房间。

“马多克斯先生，”她说，“我要打扫这里吗？”

“每周一次，”他说。“吸尘器，空气清香剂，马桶清洁剂。哪怕房间根本没人用过。”

---

① 原文为panic room，字面上有“(避开)恐怖(慌)”的意思，通常也译作“避难室”或“安全房”。因为后文照应到这个词的字面意思，故作此译。

“上帝禁止的事儿，”她说。她看看四周，开始有点弄懂这个“避恐室”到底是什么所在了。马多克斯先生给她看屋里有几大瓶水，橱里备着零食。一把沙发，两张椅子，上面都盖着商务气息十足的碳纤维布，看起来硬邦邦的，如果用几个垫子感觉会好点。屋里带个厕所，里面有一块冷冰冰的肥皂，超市里卖的那种，比这栋房子里其他东西的档次都低点。为什么呢？她不明白。为什么要把你们的舒适度降低呢？她仿佛看见，随着时间一周一周地过去，绿色的厕所清洁剂在没人冲过的马桶里越积越多，一汪翠绿的湖水愈来愈深。

靠着对面墙摆着一张单人床，管状金属床架，铺着上浆的白床单，一条藏青色毯子紧紧地塞进床沿。“只能让一个人睡？”她问。

“这里可不是让人睡觉的，”管家说。“不能超过一个钟头，上帝保佑时间越短越好，得等到警察或者保安来解救。这张床是安置伤员用的。”

“不好意思，”玛赛拉说。“这个词我不懂。”

这下她把马多克斯先生惹恼了。“我想你是通过《女士》杂志上的广告进来的。所以英文应该没问题。”

“《女士》又不是我的东家，”玛赛拉说。“只是一条通往终点的路罢了。”她停下来，拿不准措辞是否得体：“一条通往终点的路。”她说，“我是考过英文的。我包里有证书。”

“我对你的证书一点儿都不感兴趣，”马多克斯先生厉声说。“至于《女士》，我知道不是你东家。别讲笑话了。我重申一遍：我相信惟有英语水准出色的人才能真正读懂《女士》。”

“不是。”玛赛拉开始觉得累了。她好想摊手摊脚地躺在避恐室的金属床上。她见过更糟糕的床，有几张就在市中心一带，诺丁山附近。“《女士》对所有找家政工作的人都是开放的，”她说。“只是一家杂志而已。又不是阿尔弗雷德·丁尼生勋爵的著作。不是一本魔法指南。”

“鲁莽无礼可不会让你走得太远，”管家说。“只会抄近道，加速丢饭碗，你也不会有什么劳动纠纷仲裁的机会，想也不要想。女王陛下的政府何其睿智，对你这种整天抱怨的人，他们很乐意取消法律援助。所以一日失业则终生失业。我警告你。”

避恐室的地板凉意袭人，直钻进玛赛拉的脚底。允诺的工资很微薄，可她得找到一个可以栖身的地方，这里就有：伦敦西北第八邮区，住家帮佣，征适应性强、务必爱狗之人，须有专业洗熨经验，不抽烟。此处往北走上一大段路，一家炸鸡店楼上有一个房间，与她同乡的女人们在那里聚会，互相传看《女士》，就好像她们从来就没有进入过互联网时代：她们不用数码产品，不会充电，她们不能买笔记本电脑，生怕搁在大腿上用的时候被人抢走，凡是便携式设备、给手上增加负担的东西她们都不要——她们害怕碰到街上的抢劫犯。于是，经过那么多双眼睛的检阅，《女士》杂志越来越软，颜色也开始发灰；杂志上开始出现红笔画的圈，绿笔打的叉，蓝笔标的星。楼下是一口口重油煎锅，楼上房间里没准就藏着个女人，避开官员、警察或者别的什么人：被通缉的要躲，不被通缉的也要躲——就是那些被人解雇的。她也许只是在那里暂住一晚，否则除了睡大街她就无处可去。有时候，几个女人头挨着脚睡一起，个个精疲力竭，蜷缩在睡袋或者毯子里，因为缺觉，苍白的脸上一片茫然；她们醒来的时候几乎连自己的名字都想不起来。

于是，玛赛拉脸上露出一副既谦卑又悔恨的表情，向马多克斯先生道歉。“我只是想问一下那个词儿的意思。以后我得买本词典。”

“好吧，你到底年轻，”管家让了一步。“也许你还能再学点东西。‘伤员’就是指受伤的人。比如枪伤。”

她能明白这样的人是需要躺下来的。“谁开的枪？”

“非法闯入者。绑架犯。拐卖人口的。抢劫犯。暴徒。恐怖分子。逃犯。”

“总之就是各种各样的危急关头，”玛赛拉喃喃地说。

“这个避恐室的设施只满足基本需求，”管家解释说。“防弹，空气经过过滤，能清除大部分化学物质和生物制剂，不过按照设计方案，只有保安触动按钮，这房间才能启用，”他一一指点。“整个居住区里到处都有。”

“是红的吗？”

“红的？为什么非得是红的？”

“要不我怎么知道呢？如果我认不出，打扫的时候没准就会按到，而这时明明没有什么恐怖分子，那就成了‘狼来了’[①]。”

管家瞪大眼睛盯着她。正如她猜测的那样，尽管他的英文词藻比她华丽，对于典故倒不如她熟悉。

“当然不是红色的，”他说。“平时是隐藏起来的，这样我们的东家就能谨慎处置。按钮全在隐蔽的地方。”

“可是我得把它们擦干净啊，”玛赛拉说，“不管是不是隐蔽。前不久我在诺丁山打工，只不过因为没把椅子腿擦干净，就丢了饭碗。”

“你犯的错不止这一件吧。”马多克斯先生说。他说这话的时候像是在掂量着什么，语气半信半疑。“如果在肯辛顿，毫无疑问。在荷兰公园，也没准儿。诺丁山？那我就要怀疑啦。你最好跟我开诚布公。你还犯了什么别的事？或者换个说法，有什么事

---

① “狼来了”的故事，最早见于《伊索寓言》。

被你漏了？”

“我不是让人强奸的，”玛赛拉说。“是我同意的。”

情况其实挺简单，大致如下。那家人——就是她上一个东家，在诺丁山——出发去度假滑雪。他们把那个叫容基尔的孩子从学校里领走，却把十五岁的乔舒亚留下来，或是因为他不配度假滑雪，或是因为今年他有重要的考试，具体原因玛赛拉已经想不起来了；为了这事厨房里吵了一架，乔舒亚把一玻璃罐什锦谷物撒在地板上，她之所以记得这个细节，是因为第二天好多人抱怨赤脚沾上像砂砾一样的谷物。末了，他妈说，我们要去度假滑雪了，乔舒亚，哪怕你把维特罗斯超市过道上陈列的早餐谷物全撒到地板上也没用。你想怎么干就怎么干，反正玛赛拉会弄干净的。也许以后你也有机会，不过我现在得提醒你，我们一家人工作都很卖力，我们去度这个假理所应当。

后来，她上楼去自己房间时，发现乔舒亚坐在楼梯上哭。他是个大个子，身宽体胖，似乎把周围所有的空气都给耗尽了，大脸盘上爬满泪水，喘着粗气。他坐着的这段楼梯是她的地盘，他本来完全没什么理由待在这里。他的房间在楼下，三楼。“不要看着我，”他说。

她知道他是不好意思自己居然哭了，毕竟是这么大的男孩。

可是，如果不想让她看见他，他为什么要到这里来呢？

她说，“别抽风啦，乔舒亚。”她本来出于善意，却看到他的脸僵住了。也许用错词了？“我是说，抽泣，”[①] 她说。“反正这两样都不要。以后还有机会度假滑雪的。”

“我妈滚蛋了，把我留给她，这又不是我的错，”他说。他的意思是亲妈把他留给了后妈。“可是受到惩罚的人总是我。为什么会这样？”

他并不指望她能有什么答案。然而他还是问了。她柔声说，“当你受到惩罚时，乔舒亚，并不总是因为你是个坏人。常常是因为别人是坏人。”

她等着。他脑子不好使。他听不懂她的话。“这道理你越早明白，对你就越好，”她说，“当然，这不公平。”

“不仅仅什么？”[②] 他瞪着她。

“不是……”一股怒气在她心里翻着泡沫，泡沫膨胀开，升到嘴里就成了气球。她一直在努力替他难过。然而她做不到，除非他平时不占那么多地方，还能更讲点卫生。“我是想说，这样

---

① 这里玛赛拉把sniffle(吸鼻子，抽泣)说成了snivel(也是抽泣的意思，但似有假装的成分，含贬义)，两者拼写和词义均相似，却在语体色彩上有微妙的不同。中文难以精确传达，尤其缺乏能与snivel精确对应的现成词汇，只能在意义上稍加改变，勉强以“抽风／抽泣”表现其形似而神异的特点。

② 在英文里，just既可以解释为“公平”(形容词)，也可以解释为“仅仅”(just)，这里乔舒亚显然是弄错了。

并不公正。可是天下的事情都是这样的。快点吧。你爸爸还在等着把你带回学校去。只要跟你那些笑呵呵的伙伴们在一起，你很快就会忘记这些糟心事的。”

乔舒亚费力地直起他肥硕的身躯。“你为什么有那么多屁话？”

“你的书包在车里，我在暗袋里装了巧克力葡萄干，六包。记得吃完以后把牙刷干净，要不对你牙齿不好。”

他低下头看她。“走。”

我就要说，她想。那是为了他好。“乔舒亚，确实有那么一句话叫‘你的出生由不得自己。’这话我是最近听说的，意思是人得知足常乐。你有幸生在一个美满家庭，至少一部分是这样吧。你身体健康，受到良好教育，穿着温暖干净的衣服，每天都有人替你做饭，不费吹灰之力就能拿到零花钱，什么活都不用干，只要尽力保持好心情，最多在长长的周末快要结束时把上学要穿的鞋擦擦亮就可以了——即便是这事儿，你也向来不做的。拿出点大小伙子的样子吧，”她说。“只有小孩子才会为了度假滑雪哭哭啼啼。就是那种小小孩，容基尔那个年纪的。对于你，乔舒亚，是时候长成男子汉啦。”

尽管什么脏东西她都会洗，乔舒亚还是不带手帕。她从来没见过他用手帕。碰到需要用的时候，比如现在，他就用袖子擦鼻子。他推开她，根本不瞧她一眼，径自踩着笨重的步子下楼。对付眼泪有的是现成的办法，她想，但惟有东家才有在错误的时间用错误的方式冲着错误的人抽抽搭搭的特权。

度假开始的那一天，她吃准一家人动身去了机场，不会再回来，便站在厨房里，款待自己一杯好咖啡，只有一杯。她一边喝一边站起来，好像这样做就能减轻对东家的冒犯似的。她是用一份彩色的小包装咖啡冲的，在此之前，她的手指还在那盒咖啡上盘旋了一会，拿不定主意挑哪种颜色。这杯咖啡酸酸的淡淡的，让她失望。然而，那种仪式感，那一刻的轻松自在，并没有让她失望。她把咖啡的包装袋留在工作台上，就像蓝宝石在花岗岩上闪光。

她写了张单子，列出所有在东家度假结束之前要完成的大事，一口气写了两页，不过后面还剩六天时间她可以自己安排。那家人离开之后约莫一小时内，他们的声音还在房子里回荡，然后，所有的房间归于寂静，她上楼，走到阁楼，关上自己的房门。

阁楼窗户很高，可她一直觉得那是一扇漂亮可爱的小窗。第一天来，她站在椅子上，透过窗户望出去。没什么可看的，只有诺丁山地区的屋顶被雨水打湿，闪着光。屋里有一面镜子，面向一只不比一口棺材更宽的衣柜。挂着一件雨衣，一件棉夹克，两件工作服（蓝色格子工装裤），也许还有三件别的什么衣服，全压在一起，柜子里满满登登。这让她很烦恼。他们是不打算让她久留吗？她想待得久一点；炸鸡店楼上那个房间已经被房东收回了，他想把那一间卖了，就指责跟她同乡的那几个女人在那里开妓院。这样一来，如果两份工作之间有段时间接不上，那就无处可去。东家反复无常，甚至，如果有个保姆或者二十四小时值班的门房使点坏，就足以把她推到一贫如洗的境地，只能鬼鬼祟祟地出没在“超市游侠”身边，盼着他丢下几块虾肉三明治。包里装着文件，英语证书之类；包攥在手里，然后给人偷掉。这样的命运也常常落到那些与她同乡的女人身上。有时候，她们被政府抓住，只好承认其实平时用的是同伴的名字。有时候，如果有人病得厉害干不了活，另一个就会接过她的钥匙，默默地跑到陌生人家的房子，拖地板，擦洗浴室；主人们从拖地板的人身边走过，压根就没有注意，看到有个人拎着水桶蜷缩起身体从他们身边掠过，他们就公正无私地笑一笑。

所以，玛赛拉总是说，不管人家拿什么来招待你，你都得适应，这是责任，责无旁贷；衣柜里实在没多少空间，她把棉夹克叠起来塞进一只抽屉。屋里有个四斗柜，还有个柜子看上去有抽屉，其实没有。实际上那是个收纳橱。打开就能看到里面搁着她的床。橱底下安着脚轮，你得用一只手紧紧按住它，同时用另一只手使劲把床拖出来，你得握紧一根横档，猛拽金属床架。如果你不用尽力气抵住橱，轮子就会动起来，向对面墙壁滚过去，而你的床仍然塞在里面。

此刻，在空荡荡的房子里——他们正度着假滑着雪，时间在她前面伸展——她得做个决定。她想躺下来，庆祝获得自由。但她还从来没有在大白天把床拖出来过。她想象自己躺在条纹图案的床垫上是什么样子。似乎不太合适。为了打个瞌睡，她必须把叠在椅子上的床单和被子都铺到床上。打完盹再把这些都放回去？或者把床单被褥留在那里，开始她的新生活，假装这是一栋正常的房子，不会把床塞进橱里？

她又下了一段楼，走进主人的卧室。她觉得太太好像还在房里似的，一大团奇特的香气缭绕在空气中。很难想象居然有个男人睡在这个房间里。她打量了一下特大号床的宽度。床上盖着一条薄被子，米白色的底子衬着模糊的深褐色图案，那是用植物染料染的佩斯利涡旋纹。看起来这被子就好像洗了很多次，被某个站在溪水中的女人铺在石头上，反复捶打。然而事实并非如此，因为一旦太太把早餐咖啡泼到被子上，或者那个叫容基尔的孩子满怀爱意地钻进父母的被窝，泼上果汁，或者干脆吐在上面，就会轮到她自己跑到干洗店，把裹在塑料布里的被子取出来。

我不能躺在上面，她想。如果我把床弄脏怎么办？她离开房间，轻轻关上门，好把那股子玫瑰、罗勒和青柠的香味留在屋里。她下了一段楼梯，来到小孩容基尔的卧室。她在小床上躺下，床头板上印着绵羊的图案。她的视线落在育儿室墙上的装饰带上。忽闪着长睫毛的牛犊置身于如茵绿草间，这画面映入她眼帘，她随即轻轻闭上双眼。装饰带上没有画屠宰场；除非它延伸出去，钻进一个个新房间——就是在她被这家解雇以后，将来会去打扫的那些陌生房子里的房间。

楼下的门响了一声，把她惊醒。她口干舌燥，起初完全没弄明白自己身在何处，到底是谁。因为是在大白天，她既没定闹钟，也没打开报警器。她站起身。我总得面对的，她想。不管是哪种打劫的。我首先得保住贴着镶板的书房，那里全套家具都是定做的，主人不许你往家具表面上喷上光剂，只许打蜡；我得保住装在墙上的保险箱，不管是硬件还是软件；我得保住草地上的牛犊，深褐色被子。她踉跄着跑出去，跑到楼梯口。东家少爷乔舒亚正跑上来，迎面遇上她。

“乔舒亚？是你吗？我还以为你上学了。”

他抬起头，对她怒目而视。“很明显没上学嘛。笨蛋。”

乔舒亚的裤子滑下来落在臀部周围，裤脚皱巴巴地垂下来盖住硕大的运动鞋；如今大街上已经见不到这种打扮了，可他和他学校里的那伙朋友还是乐此不疲，因为他们有半年时间都窝在威尔特郡与世隔绝，对潮流也没法懂得更多了。这些肚子里塞满黄油的白痴，满腔怨毒一点点渗透出来；他们坐在厨房里抽烟，把烟灰直接弹在地板上，放声大笑，当她握着簸箕和刷子，绕着他们的脚踝匍匐而行时，他们会抬起脚指头指向她，假装这只是无意的动作。

“你一个人吗？”她说。“学校知道你在哪里吗？”

她突然觉得，乔舒亚和他的同伴，是那种会把育儿室装饰带上的牛犊一把钩住的人，甚至等不及剥皮、烤熟，他们就会把牛头一口咬下来。她根本没法想象，童年时他的手掌会惊讶地拍打一幅画上的农家场院的轮廓，或者他稚气的目光会停留在一个不停转动的、有蓝知更鸟和蜻蜓的玩具上。

她细细打量他。他堵在楼梯口。上身沾满泥灰，涂着号码“69”，衣服上的兜帽掀开，他的脸上仿佛闪着纯洁的光，面色粉红，像一片火腿。

“别记恨我，乔舒亚，”她说。“你想问我为什么自己会受到惩罚。我就告诉你了。”

“做点吃的，”他说。

“很好。这个我能做。你想吃什么？”

“叫我先生。”

“不。”

“叫我先生。”

“这样不合适，乔舒亚。即便是你的父亲，女王明明给了他爵士[1]的头衔，他还是说‘你得叫我迈克’。”

“你怎么称呼那个恶心的家伙，才不关我的事呢，”他说，“反正你得叫我先生，否则你会难过的。”

“我估计无论如何我都会难过的，”玛赛拉说。“我一直很难过。”

那天晚上，她听到楼下在开派对，动静不小。玻璃砸得粉碎。音乐砰砰响，叫人心惊肉跳，这音乐蛮横地从它的母亲——旋律怀里挣脱出来，像一个被扔在田野里的孤儿那样又是挣扎又是哀嚎。她该怎么办呢？乔舒亚对她的抗议干脆置之不理。就好像听不到她说话似的。他用手肘一把推开她。她不知道他是真的想推她，还是只想表达一下情绪。她的肉身，瘦弱凹陷，长成这样好像就是为了方便他的手肘似的；她想象着自己身上多了一块淤青。她盘算着以后怎么跟迈克爵士解释。一大帮人，毫无预警，把陌生人带进来；你的儿子用手肘将我一把推开。我能怎么办？迈克爵士，你在招聘广告里可没有说过“掌管全局”啊。哪怕你真的立下这样的规矩，我也会说，谁——我，玛赛拉——能

① 在英语中，尊称“先生”（sir）与“爵士”（Sir）是同一个词。

管得了那个大块头男孩子？

自从她找到这份工作并且在此处栖身之后，就用不着担心走在大街上碰上小偷，于是她买了一台手机，所以她本来是可以打电话给迈克爵士和太太的。然而此时她的手机在楼下，搁在她包里，她刚才随手把包扔在咖啡机边上。她完全想象得出，包就搁在花岗岩工作台上，旁边就是那个拆过的宝蓝色咖啡袋；不过楼下闹成这样，咖啡袋应该早就不知道扔到哪里去了。她的包是黑色的，优质仿皮；她对这些玩意颇有研究，因为在她的祖国，人们都善于仿冒，善于使用假商标，还会替那些即将出国辛勤工作的国民搞个假身份。她不明白，为什么他们不在包上喷点仿造的皮革气味？别的什么都不缺啦。她的眼前简直能浮现出那包的样子，软软的，黏黏的，就像最好的皮革应该有的样子。包里有五十英镑。这是她所有的积蓄，自从她进了这栋房子以后，她才总算攒到了这些钱。她知道那些来参加派对的客人应该早就把包劫走了。

午夜之前，她想，他们总会消停的，他们会跑到地下室看黄片的，那我就可以偷偷下去了。然而，时至午夜，更多的年轻人拥进来，音乐震得房子都好像摇晃起来。每隔几秒就有新来的不速之客在花园那边嚷嚷，要不就从大门这边闯进来。他们在下面闹得轰轰烈烈，而邻居花园里的报警灯闪闪烁烁，她觉得自己好像来到了一个遥远的国家，困在一场长长的热带风暴里。暴风眼从她身上越过，把她钉在自己房间里的白墙上，此地所有人都能看见她，评判她：没脑子，不顶事。先前挨了他一肘之后，她就躲到楼上去了，然后第一批来参加派对的人十点抵达。现在已经是凌晨一点半了。很快，她想，有人一定会精疲力竭地倒下。也许我会听到他们砰砰倒地的声响。也许我会给叫去包扎伤口或者心肺复苏：这些我倒是领过证书的。她突然想到，如果她能救下谁的命，那么不管有过什么玩忽职守的事儿，都能被原谅了。被她拯救的年轻人的父母肯定会报答她的。没准他们会给她一份工作，甚至，还能有一张正儿八经的床，每两周有个三天的周末：这样的安排是为了满足自尊，也是出于相互理解。

她站在自己房间的门外，一副随时警惕的样子。她想好了，只要一听到上楼的脚步声，就躲回房，闩上门。透过铿锵的音乐节奏，她留神听着所有她能分辨的声音。那天早上，为了替一家人度假滑雪准备行装，她四点就起床了。所以她已经有将近二十二个小时没睡过觉了。尽管楼下沸反盈天，她到底还是睡着了，人依然站着，脑袋靠在墙上。警铃响起时，她猛地惊醒。她冒险下了半段楼梯，来到平台上，在那里从一扇窄窗望出去，能看见街道的狭长一角；从这个角度她还能看见一辆救护车的一部分，它正一个趔趄停下来，还有个年轻人的身影，他正在走过去，耷拉着脑袋，一条银色毯子裹在身上，仿佛是一条有魔力的披肩，可以帮他抵挡魔咒。

不是乔舒亚。如果她看到他给人搬出去，那肯定会冒险下楼，从那些躺倒在地的身体上跨过去。来派对玩的人，即便现在还没倒下，也不见得会在乎她，甚至根本就不会注意她；看看她的行为举止，他们就会知道，她待在这里是负责打扫的。不过，既然乔舒亚还在房子里，她就不必冒这个险了。想到这里，她觉得可以确定的是，他刚才真的打了她。她胸口仍在痛，所以她没法找到别的解释。这痛的背后还有一层剧痛，就像是当胸挨过一记重拳：指关节砸在她胸脯上。

警察和救护车来了又走，紧接着是一段教人不安的宁静——不时被突如其来的尖叫声，以及重重的敲门声打断。她能在这宁静中听出深意：它比喧闹更可怕，因为在一片喧闹中，她就没有责任去弄懂自己听到的声音究竟意味着什么。在那样的背景音乐中——那么粗俗野蛮，还带着那么古怪的节奏——没人能反对一个小小的、符合人之常情的行为。然而现在就到了非得做决定的时刻。玛赛拉决定睡觉。她的手拍拍收纳橱顶部，开始搬她的床。

这样可以节省空间，第一天来，索菲太太带她看以后的住处时就说过这话。玛赛拉想说，可这是我的空间啊，我宁可不要节省呢，我宁可要张正儿八经的床呢，话到嘴边还是咽了下去。“希望你舒服自在。”太太看着她，好像压根就不喜欢眼前看到的景象。“上一个菲律宾人骨架很小。”

“我不是菲律宾人，”她说。

“不过，当然啦，如果有问题，直接说出来就好。”

“没问题，”当时她是这么说的；这是太太想听到的答案。

黎明将近，她睡得不踏实。醒来时已是九点。在另一个国家，闪闪银光中，滑雪旅程已经开始。在这里，雨从天而降。一整天她都没有下楼。她一旦下楼就得清理呕吐物和碎玻璃，没准还有血。她向来对房子里的风吹草动很敏感，应付他们也有一套经验，一直小心翼翼地不侵犯这家人的隐私。所以，从某些迹象中——比如还能听到厕所里冲马桶的声音——她意识到还有几个年轻人没有走。有别人在，也许能保护她不受乔舒亚的伤害；然而，她难道想迎面撞上他们那伙人吗，他们那么好斗，而且仍然带着醉意——也许比喝醉更糟糕呢？

周末很快就要结束。他们当然有地方可去。家长们还指望他们去上学呢。然后她就可以下楼收拾残局了。可是眼下她总得吃东西吧。

自从喝完那杯让她颇有罪恶感的咖啡之后，她就没吃过什么，当时她站在长桌边，桌上有一玻璃罐的杏仁饼干，她当时不敢拿。然而现在一想到杏仁和陈皮，她就备受煎熬。她房间里没有吃的。当初她刚来时藏了一点能量棒，却被迈克爵士发现了。他趁她不在时搜了她的房间，还为此道了歉，可是又解释说上一个菲律宾人曾经答应帮乔舒亚藏毒品，所以他们认为，每隔几天来一次抽查是明智之举。

"可我决不会藏毒品的，"她说。

索菲太太说，"他逼得那姑娘别无选择。"她冲着迈克爵士说，"你儿子，他可有办法说服别人了。"

"他儿子?"玛赛拉问道。"他难道不也是你儿子吗，太太?"

"上帝啊，你以为我几岁啊?"

"四十岁，"玛赛拉诚实地说。

"她滚到温哥华去啦!"太太嚷道。"他的亲妈。她不要他了。她一看到他就受不了，所以我只好把他给接过来，下半辈子都得管着他。"

玛赛拉大惑不解。妻子出这趟远门，目的不是要离开丈夫，而是要离开乔舒亚，这可能吗?人们会从自己的孩子身边逃走吗?在来到这个家之前，她觉得这种事根本不可能。"我过的好歹是有住处有保障的日子，"她承认。她转身面向迈克爵士，有个问题就在嘴边，然而他说，"玛赛拉，如果你不介意的话——

而且我说这话时并不生气，只是难过——你能不能不要在房间里存能量棒？会生虫的。”

“还有，”太太说，“你能不能叫我索菲，这样很合适，或者叫索菲太太，或者叫太太——如果你坚持的话，但是别叫我‘夫人’。因为这样……好土。” 她转过身冲着门。抽查结束。她说话的声音冰冷。“另外，那些能量棒里尽是糖和添加剂。他们把这个当健康食品推销，可是，说真的，你有没有看过标签？”

饥饿劲过去以后，更准确地说，是伴随着饥饿，无聊也跟着来了。玛赛拉房间里有台收音机，可她不敢打开；她希望乔舒亚已经把她忘了，她可不想提醒他她还在屋里。盯着白色的墙，盯着那个看上去有抽屉其实没抽屉的柜子表面发黄的装饰板，盯着上一个菲律宾人拖着行李箱蹭掉油漆的痕迹，一定能舒缓眼睛的疲劳。她有一份《旗帜晚报》，三天前的。她看了一遍又一遍。她想起《女士》，想起“唧唧炸鸡店”楼上的房间，想起她们聚会时她的同乡们嘴里哈出来的热气，满是大蒜和生姜的味道；想起绿色的叉、红色的圈和蓝墨水标的星。她看了招聘广告，却不太懂那些工作到底是什么性质。墙面装修工。这是什么？没准儿她也干得了？

一阵无聊过去，《旗帜晚报》也看完了，此时尿意袭来。她有一个塑料花瓶，装到半满时，她站到椅子上，小心翼翼地把瓶子摆稳，然后打开阁楼窗户。如果此时有人待在屋顶上，比方说，一只鸟或者一个正在修排水管道的男人，比方说，一只从遥远海面上飞来的海鸥；它会看见一只黄黄瘦瘦的手冒出来，沿着窗框摸索；它会看见有个瓶子在小心翼翼地倾斜，接着，一股细细的水流沿着石板淌下去。

就这样，她终于松快了一些，紧接着，她坐在椅子上，打算放纵一下，喝几口平底玻璃杯里的水——纯属走运，刚被围困时，床边恰巧有一杯。今天是多云天气，一只小苍蝇或者飞虫掉进杯子里，她用手指去撩，它便逃，径直从水面往下沉，最后她把它压到杯壁上。她想把它拎出来，可它已经被碾碎，流出深色液体，像一块血斑。虫子身上最恶心的部分都落进了水里，可她还是喝了，分六口喝完。她希望，在她饿病之前，在她的肠胃告急之前，乔舒亚能从房子里滚出去，就像一个征服者，扔下一个枯萎破败的国度，直接回到威尔特郡他那堆朋友身边，在那里他可以吹嘘自己如何智取他的父母，如何一胳膊撂倒家里的女佣，让她的脑袋砰地撞在边上。

然而这并没有发生。向晚时分，乔舒亚上楼敲她的门。

“我以为他可能吐得太厉害，”她告诉管家马多克斯先生。

"或者太困了，或者干脆就忘了我在这里。可这几种情况都没发生，他就在门口。我知道门闩抵挡不了他多久。不过有一点我得说明，起先他并没有硬闯。"

自从她先前说到"强奸"这个词之后，管家就一直在凝神细听。现在，她闭上双眼，斜靠在避恐室的墙上，能听出他已经有点不耐烦；他想把剩下的故事一口气听完。"你就不能大声呼救?"他问她。

她摇头。街上满满的都是房子，然而诺丁山一带有谁会听到一个孤零零的女人透过阁楼窗户上发出的声音？更何况，她该呼什么救呢？"我又不是，"她小心翼翼地把那个词儿念出来，"一个伤员。没人枪击我。我觉得恐慌，所以躲进了自己的房间。"

管家说，"说吧，玛赛拉，我会替你保密的。你干吗不叫我戴斯蒙德?"

"因为这样有点失敬，"她说。

"没事儿，"他说。"我可不要听你解释，我是在邀请你。你可以用我的教名。"他挺同情她。"我看得出来，你的英文学校并不如你想象得那么好。有些显而易见的事情你不懂。常用的成语你都没学过。不过，你不知道'伤员'这个词儿，我不该怪你。有一阵子人人都跟这个词儿很熟，那时这个词指的是医院走廊，那些受伤的人在一连等了几个小时之后，就给塞进走廊，统统堆在一起。如今这地方叫急诊室。”

“我知道急诊室。乔舒亚总是带到那里。”

“注意你的语法，”管家同情地说。“你应该说，‘乔舒亚总是给带到那里去。’”

戴斯蒙德一边纠正她的错误，一边伸展胳膊，一只手按在墙上；就好像，在故事结束之前，他得尽力控制住自己，不要显得太活跃。她并没有什么偏见，但此刻忍不住想，他的手这么黑，会在墙上留下印迹的吧，会留下自己的指纹吧。他说，“把你的故事讲给我听吧，玛赛拉。都快傍晚了，简单扼要点。你在诺丁山自己的阁楼房间里。你饿了，而且睡眠不足。你很不安。你没有呼救，因为不知道该喊什么。现在来不及了。乔舒亚在砸门。你有理由相信，自从你指责他‘抽风’[①]以后，他就对你怀恨在心。他刚才已经虐待你一次了，挥起前臂打你。那现在呢？”

“现在没什么，”她说。

“不，玛赛拉，”马多克斯先生说。“请相信我，”他拍拍自己的上半截肋骨，“秘密都藏在这里呢。反正我不相信他会安安静静地再下楼去。这样的故事不会有这样的结局。”

---

① 详见前文关于“抽风／抽泣”的注解。

她知道，敲门只不过是这个男孩嘲笑她的方式。“先生，”她嚷道，“上了门闩啦。这是我的私人时间。”

“我想你是在吃长虫的压缩饼吧，”乔舒亚说。“出来。你可以下楼来做点像样的菜。我需要你来打扫屋子。”

然而，哪怕在他一边说这话的时候，他的手一边也在咯吱咯吱地动门闩。他一踹，门就开了。他站到了门槛上。

“你听到什么了？”她说。“你父母那边来的消息？滑雪，他们很开心？”

她说话的声音，哪怕她自己听来也是颇为绝望的。在她的英文学校里，用这样的方式提问可是要不及格的。

“我被你逼得弄坏了门，”乔舒亚说。“这个钱要从你工资里扣掉。”

“不行，”玛赛拉说。“你父母才不会相信是我把门踢坏的呢。”

“我会说是我干的。”乔舒亚又没带手帕，用袖子擦鼻子。“我会说我只能破门而入啦，因为你在这里开派对。黑人，还带着毒品。注射毒品，我会这么说。我会告诉他们，他们，你们把整栋房子搞得天翻地覆，就你那些朋友。”

“你想要什么？”玛赛拉问道。“你已经把我所有的积蓄都拿走了。”

“什么？”他说。

“你拿了我的包。”

“我要你那破包干什么?”

“五十英镑,”她说。“在里面。求你了。”

他笑起来。“听着,”他说,“我是拿了五十英镑,现在全花了,”他打起了响指,“比方说,库普拉披萨饼。十二箱拉格啤酒。花光啦。”

“可我所有的东西都在里面了。”

“哦,我那滴血的心呀!”他抓住衣服上的“69”——他还穿着昨天的衣服。“要是我吐出来,你可得谅解。”

“别这么干,”她说,声音轻柔。“如果你这么干了,那就自己收拾干净。”

“听听,这跟我说话的口气!”他说。他看起来勃然大怒。就好像过去二十四小时里发生的事情全都得怪她似的。“人得知足常乐,”他说。他在模仿她的声音。

“让我下楼去,”她说。“让我从你身边走过去,乔舒亚。我去给你做法式吐司。我把牛排从冰箱里拿出来,你想吃多少就拿多少,你还可以吃香肠。我自己替你买。我给你炸薯条吃。”

饥饿到极点反而形同狂喜——她觉得整个人头晕眼花轻飘飘的。“你为什么要让我挨饿?我愿意替你打扫啊,你为什么要把我困在这里?”

“你们这种人，玛赛拉……”他慢吞吞念着她的名字，就好像在用脚碾它。“你有满肚子的屁话，让我他妈的很生气。”

“我替你冲巧克力牛奶。我谁都不告诉。”

“总是走来走去，东擦擦西抹抹。拎着她妈的装肥皂水的桶在楼梯上爬上爬下。看着就想吐。”他的目光在房间里溜来溜去。两只眼睛的视线似乎没法好好对焦。“你的床在哪里？”

“在那个橱里。”

“什么？”他说。“这根本连个橱都算不上，就是抽屉嘛。”

让他自己找好了，玛赛拉想。他的视线落在她叠起来搁在角落里的铺盖。他开始相信她了。“给我看看，”他说。然后，他实在等不及了，他要马上把他的目的喊出来，于是他嚷道，“我要强奸你。”

“不，”她说，“你不会。”

乔舒亚砰地甩上门。他跨出一大步，落在房间中央。“当个男子汉，这话是你跟我说的。你知道你说过，如果你现在说你没说过，你就是他妈的骗子。”

除非她从天窗飞出去，否则这里根本没有出口。她盘算了一下自己该怎么办。乔舒亚先是踢那个装着床的橱，然后一个劲地对着那个他认定是抽屉的部分又是扳又是拽。面板掉了下来，就好像这是当初就设计好的。一时间他看起来有点害怕：就好像他本来并不知道自己有这么大力气。他瞥到床上的弹簧，下侧露在外面。他皱起了眉毛。橱里，泡沫床垫紧紧折叠，就像是电梯里有个人胃痉挛，痛得弯下腰蜷缩在一起。他伸手抓那垫子。脚轮动起来，那橱吱吱作响地从他手里滑走。他猛地朝那橱砸了一拳。“哇!”他吮吸着指关节，而她顿时觉得胸口隐隐作痛。

“我才不需要什么搁在橱里的床呢，”他嚷道。“我把你按在墙上就能干。不许大喊大叫。”

“我不会大喊大叫，”她说。

他瞪着她。“你是不是傻？你必须喊啊。你没听到我打算干什么吗?”

“听到了，先生，”她说，“可你干不成的。因为强奸就是逼着人干，得有人回击才叫强奸。我不回击你，因为我又饿又虚弱，而且即便我不是这样，你也总能把我制服的。所以我不冒险，这样就不用受伤去急诊室了。你没必要把我衣服撕开，因为我没钱买新的。如果你乐意，那我就自己脱掉好了，或者你时间不够，那我可以把裙子撩起来。然后你就可以干了，如果你知道怎么干的话。这跟黄片可不是一回事，那里的女人一直都很开放。这事要费点时间。挺难。就像把床从橱里弄出来。”

站在避恐室里，管家听完了她的故事，说，“说真的，虽然我要谴责这男孩，但是你自己也得承担部分责任。”

“为什么？”玛赛拉问道。

“我相信你知道为什么。你奚落了他。说什么巧克力牛奶。薯条。巧克力葡萄干。暗示他不过就是个无助的孩子。”

“而他想显摆自己是个男子汉，”玛赛拉说。“如果你管这个叫奚落，那我可不同意。因为我太了解他了，如果他回到学校后发现包里没有放巧克力葡萄干，他就会从威尔特郡打电话过来，闹得天翻地覆。坦白说，我可不想生活在这样的世界上：女人给孩子做饭吃，而这孩子倒可以随意恐吓她。”

“我们没法选择在什么样的世界上生活，”戴斯蒙德·马多克斯说。“不过我们也许可以选择英文学校。抽风，抽泣：那是有区别的。”

“他们还指责我藏能量棒呢。真不公平。即便如此我也没有搞破坏啊。”

“我有个问题，”管家说。“你的推荐信是从哪里弄来的？迈克爵士写的？你没有偷他们家带抬头的信纸吧，偷了吗？”

玛赛拉正在检查避恐室橱里的零食。她举起一小包，说，“这个已经过了保质期。”

“哦，坚果，”戴斯蒙德说。“没事的。或者，你如果想拿就拿走好了。”

“也许会发霉，”她说。“我乐意冒这个险，”她把那包零食塞进包里。那是她的旧包，可里面没有她的毕生积蓄。索菲太太滑完雪回到家，就发现包给扔在花园里。“我知道惟一的可能就是你的，”她一边说，一边递给她。

“有一回我们这里来了一个厨师，伪造了推荐信，”戴斯蒙德说。“他很快就给解雇了。这样的事情总是会被人发现的。”

“我猜不出他有什么样的故事，”她说。“我想发生在我身上的事儿不会发生在他身上。”

“其实，”戴斯蒙德说，“我自己很快也要挪地方啦。顺着这条路往前走，摄政公园那边。在纳什[①]设计的房子里面工作，我得说这是每个管家的梦想。所以你前脚到圣约翰伍德来，玛赛拉，而我后脚就要走。”

“啊，”她说。“我们才刚刚开始互相直呼其名呢。谁知道呢，我们的友谊之花本来可以盛开的。你已经辞职了？”

“还没，所以，嘘。”

她碰碰自己的胸脯。“秘密都藏在这里呢。”

“我是在《女士》上找到这个职位的，”他说。“那家真不错。每年待在这个国家的时间不会超过一个，两个，顶多三个礼拜。

① 约翰·纳什（John Nash，1752—1835），英国著名建筑师、城市规划师，以设计摄政公园和特拉法尔加广场等闻名。

他们带着自己的随从，自己的厨师，他们不吃英国的食品，因为味道不好，也不卫生，而且里面没准还有毒药。所以这份薪水赚得轻松。其实就是负责保安，每年九十月份。”

戴斯蒙德的手从墙上放下来。她的目光寻寻觅觅，却没看到他的手在墙上留下什么痕迹。可她还是在找；她可不希望第一个礼拜就因为自己疏忽大意被东家怪罪。她问，“你的新东家，有没有一间避恐室？”

“在那些房子的地下，”管家说，“你会看见到底是什么情形。一半你都猜不到。地底下都给挖空啦。下面宽敞得很。那里的避恐室面积是这里的七倍。哪怕整个伦敦在他们身边崩塌，他们家的冰箱里也塞得满满的。淋浴设备就是一个个装着很多喷嘴的蒸汽室，厨房里装着内嵌式咖啡机，有制冰机，控温的贮酒柜，真空低温烹饪机外加真空封口机，还有一套空气过滤系统，适合过敏症患者。墙面固若金汤，扛得住原汁弹。”

“原子，”她说。

她看见他脸上掠过的表情：“难道你敢纠正我的英文，黄皮肤的小婊子。”那表情一闪而过，很快被一种倦极生厌、无悲无喜的表情替代，同时他领着她走出避恐室，上楼去。然而她终究还是看见了那个表情；她不会忘记；她什么事都不会忘记，除了那天，挨了第一下之后究竟发生了什么，她记不得了。那是一块黑暗的区域，那一团黑，流成一条河，积成一面湖；接着，过了一段时间——到底过去多少时间她也无从知晓——出现一道亮光，有人在说话，很痛。她睁开双眼，第一个映入眼帘的是小孩容基尔那张疑惑而焦虑的脸，她小小的手指上攥着一张纸巾，在擦她的嘴。她明白了，因为她没有自己的床，所以乔舒亚就用他妹妹的床强奸了她，不过整个过程她一点也想不起来了；背上新生的淤青是他把她拖下楼梯时碰伤的，可她当时并没有什么感觉。印在床头板上的绵羊说，是先生，不先生，满满三袋子；[①] 牛犊跪在丰美繁茂的草坪中；蓝知更鸟在金属线上瑟瑟发抖，活动玩具在微风中叮当作响。

此后，先是戴斯蒙德辞别旧主，然后她在新环境中安顿下来。她想起管家和他在摄政公园那边的新东家，不知道他们相处得怎么样。如果他们每年只来一次、两次或三次，那他们也许永远都不会走进避恐室。不过，如果有必要，他们会钻到地底下去的：等到第一波惊恐退潮，减弱成那种麻木的畏惧——这种感觉我们好多人都有过，好比离开故土、告别亲人——他们该怎么办？当伦敦分崩离析，当野狗扫清街上的腐肉残渣，当空气过滤

① 这是英国流行的一首童谣的后半句（但原句中的第二个“是先生”被改成了“不先生”），前半句是问黑色的绵羊“是否有羊毛”。

系统堵塞、冰箱里的存货耗尽，他们该怎样熬过一个又一个礼拜呢？他们有书读吗？他们会玩拼图吗？他们会玩游戏吗？她想象那些来自中东的严肃的先生，拎起白袍子，露出长满毛的腿和黑色丝袜；她想象他们裹在黑衣里的妻子，握手的时候才把手伸出来，每根手指都挂着沉甸甸的珠宝。《我们绕着桑树林走》。《玫瑰花环》。[①] 她记得《旗帜晚报》，在诺丁山那些不知所措的时光里，是这份报纸帮着她熬过来的。那些她有可能应征的招聘广告。"工作在等你，"广告说，"封闭空间，亟须技工。"

总有工作等着，你无处可逃。墙面装修工和钳工总是需要的，护路工、焊接工、加固工，跨工种监理，还有那些处理石膏的伙计。她出院以后，准备恢复工作，于是跑去找一家中介公司。她提到这几个工种，并且承认她其实不知道这些工作是什么意思。他们提议尽量发挥她的推荐信上强调的优势：玛赛拉有求必应。"不过，"他们对她说，"你的外表很糟糕。"

她没有否认。那回挨打，牙齿掉了不少。可我们的牙都会掉啊，迟早的事。她把这话跟中介说了，于是那人答应把她的简历放在档案里。一个星期过去了，尽管她天天打电话给他们，还是没什么消息。

---

① 《我们绕着桑树林走》和《玫瑰花环》均为英国古老的童谣，而且通常都是孩子们手拉手组成一个圆圈做游戏时唱的。这里是指关在避恐室里的人只能手拉手唱着歌做游戏。

她每天都看《旗帜晚报》。需要电焊工、油漆工和装配工。装配工：这个词让她很感兴趣。像往常一样，她转而去看《女士》的分类广告，这才找到了现在这个在圣约翰伍德的职位。她接到面试通知，有个朋友代她去了，那人的牙齿比她多；后来她第一天去上班，没人说这不是我们上礼拜见到的那个女人。戴斯蒙德只是告诉她，“我是马多克斯先生，这里的管家”；他的目光在她身上一扫而过；他给她一件工作服，领她在整栋房子里走了一圈，还允许她参观了避恐室，她以前从来没见过。

有时候，在圣约翰伍德，她会梦见以前那份工作，梦见它是怎么结束的：几句激烈的对话，装着床的橱在地板上滑动、撞击；昏厥，遗忘。她再也无法确定，她讲给管家听的故事就是事实。也许她本来是个装配工呢。也许刷过油漆，也许当过加固工人。时光流逝。时光是个伟大的治疗师，反正他们是这么宣称的。也许她感觉到的痛是因为伤心，而不是指关节。也许那个故事并没有发生在她身上，而是发生在她朋友身上；女人工作都是互相帮着挣工资的，她们的名字悄然湮灭，她们的故事彼此交融，她们裹在毯子里，只露出脑袋，紧闭着双眼，躺着的地方充斥着鸡油和煎炸油的浓重气味——这时，你根本没法在这些朋友里辨认出谁是谁。那个男孩会得到惩罚的。他会说他不懂为什么会这样。摄像机会捕捉到他走在法庭的台阶上，手里捏着一只汉堡包，满怀期待地张开嘴。关于他们当初的对话，会有针锋相对的说法，都会在电视上播放。（抽风，抽泣。）有人会提出她是同意这么干的。她是什么时候同意的？当她离开自己的国家吗？当她来应征这份工作吗？还是她一生下来就同意了？这案子会因为证据不足而撤销。会有钱转手。在这里，在圣约翰伍德，她也许会安全，也许不会。她梦到自己醒悟过来，惟有这梦才让她意识到，这事就发生在玛赛拉身上，不是别人；她看见阿尔卑斯山上的阳光如玻璃一般锐利，那个叫容基尔的小孩，滑雪度假归来，一边抹去她脸上的血迹，一边抽着鼻子吸气。

看不见的门（代译后记）

黄昱宁

哪怕单看标题，《刺杀撒切尔》也注定成为新闻焦点，更何况开篇第一句就是："先想象一下她咽下最后一口气的那条街。"执笔为枪，瞄准离世不久、生前毁誉参半的政治风云人物，在虚构中让其"偿还血债"，这不是一般的小说家会干的事——他们会觉得这样的表达方式不够含蓄不够微妙。然而，两届布克奖得主希拉里·曼特尔不属于"一般的"作家。对于这个极具挑衅性的题材，她毫不含糊地表示，这决不是什么一时冲动的游戏之作，虽然只是个短篇（译成中文不过一万三千余字），却"已经在我心里酝酿了三十年"。

曼特尔说的是一九八三年。与小说中描述的场景类似，时任英国首相的撒切尔夫人在温莎的医院里刚做完眼科手术。仅就小说缘起的角度而言，故事中那个从卧室窗口能看到医院花园的女主人公，就是曼特尔本人——她在温莎有一套小房子。仿佛是出于本能，当撒切尔夫人蹒跚着步入她的视野时，曼特尔立刻就目测了距离，她的拇指和食指比划成手枪，“当时我就想，如果这里站的不是我，如果是别的什么人，那么她就死定了。”

仇恨何以如此强烈？用曼特尔的说法，这是在为人民说话：“现在想到她时，我还能感觉到一种沸腾着的憎恶，她对英国造成了久远的伤害……我从来没有投票支持过她。但我可以退后一步，把她作为一种现象来关注。作为一名公民，我因她而受罪，但作为一位作家，我因她而得益。”至于撒切尔夫人团队刻意替她打造的励志故事和个人形象，曼特尔冷笑一声，毫无顾忌地展开人身攻击，“本质上，她是反女权主义者，是心理层面上的异装癖。”

曼特尔向来持坚定的左翼立场，她对以撒切尔夫人为领袖的英国保守党在八〇年代对内对外的铁血政策深恶痛绝，也算意料之中——事实上，对这个问题，大多数英国文化界人士都持类似看法，程度或多或少而已。不过，时隔三十年，这股怒火仍然在字里行间熊熊燃烧，这一点显然超过了某些人的承受范围。撒切尔的前公关顾问甚至呼吁警方对她开展调查，因为她公开承认了谋杀的动机和意愿。对此，曼特尔的回应简直一剑封喉：“让警方来调查，哪怕让我自己做主，我也难以设计、不敢期盼这样的好事儿，因为真要来这一出，那大伙儿立马就能看出，他们有多么荒唐。”

话说回来，这篇小说之所以闹出一段风波，除了因为英国报章素来喜欢煽风点火，也确实与曼特尔本人的这种泼辣风格在英国文坛独树一帜有关。不绕着圈子说话，不低调行文，不屑在厚厚的泡沫塑料里藏软刀子——就这点而言，曼特尔其实很不英国。

然而，与态度同样鲜明的，是技术，这是曼特尔之所以是曼特尔的另一个要素——而这一点，又恰恰很英国。在窗口“目测距离”之后，曼特尔迟至三十年后才动笔，不是为了等撒切尔夫人去世，而是要解决技术问题——毕竟，虚构艺术不是靠一腔怒火就可以成立的。

尽管灵感来自真实的场景和感受，但曼特尔真正下笔，就必须尽可能收起主观判断：“我并不是这两个人物中的任何一个。”杀手来自爱尔兰共和军临时派，冒用水暖工的身份闯进民宅寻找射击点，他包里的“金属配件”组装起来就是一把枪，枪的绰号叫“寡妇制造者”；而第一人称叙述的女房主所处的社会阶层、接受的教育程度显然高于前者，她起初还以为对方是个摄影记者，因为他们关心的都是“抓到一个好角度”。这一组人物存在怎样的差异、矛盾和共鸣，如何在短时间内在他们之间制造张力，这是作家真正关心的问题。一句双关语如何理解，一杯茶要不要放糖，一首歌的历史意味着怎样的民族认同，这些都是作者安排的关节——藉此，在杀手等待动手之前，人物关系被一步步推向高潮。

整篇小说极大程度上是被对话而不是动作推动的——因为最重要的动作还来不及发生。对话始终像绷紧的弦，人物之间的对抗与同情随时转化。哪怕他们最后成了事实上的同谋，也无时无刻不感受到彼此之间的鸿沟。杀手清醒地对女主人说，“你以为是站在我这边的？你并不知道我是哪一边的。相信我，你根本不知道。”而女主人同样不放弃以微妙的词语来羞辱对方的机会：“资产阶级，这算哪门子工艺专科学校的词汇呀？”她的几乎出于本能的还击充满着温莎式的优越感，因为“工艺专科学校也算是个接受高等教育的地方，专收那些进不了大学的年轻人：他们聪明到会说‘亲缘关系’，却只能穿廉价的尼龙外套。”

对真实人物实施的虚构暗杀，最终将通往何处？彻底落实或完全虚化都不是最佳选择。曼特尔把结局设置在开枪之前，悬念定格于半空，但同时又在此前突然荡开一笔，安排女主人领着杀手找到一扇通往隔壁大楼的门，开出一条虚拟的逃生通道。这实在是神奇的一笔，视角骤然从“我”身上抽离，拉到高处俯视众生。真实与虚构在这道“看不见的门”里共存，文本也因此跳脱表层情节，被赋予更为深刻的意义：

“谁不曾见过墙上的门？那是残疾儿童的慰藉，是囚徒的最后一线希望。它是濒死者最便捷的出口——他的死，不会是被死神捏在手中，喘着粗气发出尖利的惨叫，而是在一声叹息中辞世，如一片坠落的羽毛。它是一扇特殊的门，不会遵守任何支配木材或者钢铁的法则。没有哪个锁匠能挫败它，没有哪个看守能踹开它；巡警会从门前绕过，因为这扇门虽然有形，却只有信徒才能看见它。一旦穿过了这扇门，你回来时就成了天使与空气，火花与火焰。刺客宛若一枚火星，这你知道。走出防火门他就熔化了，所以你永远不会在新闻里看到他。所以你不知道他的名字，他的面孔。所以，正如你所知，撒切尔夫人一直活到终老。然而，记住那扇门，记住那堵墙，记住那扇你从来看不到的墙上的门有多大的力量。记住你打开一条缝时从门里吹来的寒风。历史永远会有别的可能。因为有时间，有地点，有黑色的机遇：那一天，那一刻，灯光斜照，远处，靠近辅路，冰淇淋车叮当作响。”

历史永远会有别的可能，这是历史小说家曼特尔的典型口吻。事实上，短篇小说并不是曼特尔经常涉足的领域，只有在创作大部头历史小说的间隙，她才会应《卫报》或《伦敦书评》等报刊的邀约，写几个短篇。不过曼特尔出手往往不同凡响，常常入选各种“年度最佳”，质量确实远高于数量。这本主打《刺杀撒切尔》的短篇集，便是曼氏多年来十一篇作品的集合（应版权方要求，中译本比原版多收录了一篇《英文学校》)。

翻译这个短篇集的时间，几乎与我本人开始学习中短篇小说写作的过程同步，这样的安排里当然藏着私心，希望多少能学到一点东西。交稿之后回想，当然不敢说有什么立竿见影的效果，但曼特尔的风格之独特，一定会在记忆里留下不易抹去的痕迹。纵观这十一个短篇，题材迥异，长短不同，但都跟《刺杀撒切尔》一样，属于态度和技术异常鲜明的作品。或许可以这样讲：如果说从二十世纪下半叶开始，以卡弗、门罗等为代表的简约、含蓄、冲淡是世界短篇小说的主流，那么曼特尔在一定程度上是反潮流的。

说曼特尔态度鲜明，是因为她始终在不抹杀人性的多面和社会关系复杂性的基础上，从不回避自己的立场。对于触目惊心的阶层鸿沟、社会矛盾和家庭黑洞，曼特尔不装糊涂，不和稀泥；对中产阶级的改良愿望的幻灭，对于他们的矛盾、纠结和虚弱，哪怕以第一人称叙述（作者本人显然就属于这个阶层），曼特尔也不会放过任何一道豁口，该撕碎的时候毫不留情；对于底层社会的艰辛和粗鄙，乃至其中仍然蕴含的潜能，曼特尔亦能真正做到贴身叙述——她笔下的劳动阶层，较少带着知识分子刻意审视的痕迹。在她笔下，无论是一场失败的族裔融合（《很抱歉打扰你》)，一桩令人不寒而栗、“故意杀人”的交通事故（《寒假》)，一个被社会“潮流”异化吞噬的家庭（《心跳骤停》），还是一位处于事业瓶颈、追问写作如何干预生活的女作家（《我该怎么认你》），都很难归入既有的类型，也都逼真地展现了几十年来社会政治问题如何渗入英国的日常生活。

另一方面，透过这些文本，我们也可以看到曼特尔鲜明的技术特点。在视角和意象的转换上，曼特尔总是能做到迅疾而奇特，善于在日常生活描写中突然绽放出超现实的火花。比方说，如果你熟悉曼特尔的历史小说，可能会在《英文学校》的一段视角转换中看到《提堂》开头采取老鹰视角的影子：

“一阵无聊过去，《旗帜晚报》也看完了，此时尿意袭来。她有一个塑料花瓶，装到半满时，她站到椅子上，小心翼翼地把瓶子摆稳，然后打开阁楼窗户。如果此时有人待在屋顶上，比方说，一只鸟或者一个正在修排水管道的男人，比方说，一只从遥远海面上飞来的海鸥；它会看见一只黄黄瘦瘦的手冒出来，沿着窗框摸索；它会看见有个瓶子在小心翼翼地倾斜，接着，一股细细的水流沿着石板淌下去。”

曼特尔的小说，对话往往异常简洁却具有攻击性，下笔堪称凶狠。她擅用词语双关来造成阶层之间的误会，抓住“词语”在英国人生活中定义各种微妙关系的特点，极具反讽意味，同时也给翻译造成了很大的困难。此外，曼特尔在铺陈气氛和设计细节上都是高手，喜欢在优美奇诡的描写中突然撕开伤口，暴露生活中最残忍的那一面；相应地，她也善于在阴郁、黑色、教人窒息的情节中悄然打开那扇“看不见的门”，门里汩汩涌出的优美而诗性的描写与前者形成惊人反差——于是，光愈显明亮，暗愈显浓黑，作品愈显其异质的美感。

图书在版编目(CIP)数据
暗杀:希拉里·曼特尔短篇小说集/(英)曼特尔
(Hilary Mantel)著;黄昱宁译. —上海:上海译文
出版社,2017.6
ISBN 978-7-5327-7469-2

Ⅰ.①暗… Ⅱ.①曼… ②黄… Ⅲ.①短篇小说-小
说集-英国-现代 Ⅳ.①I561.45

中国版本图书馆CIP数据核字(2017)第083493号

Hilary Mantel
The Assassination of Margaret Thatcher

图字:09-2014-960号

暗杀:希拉里·曼特尔短篇小说集
〔英〕希拉里·曼特尔/著　　黄昱宁/译
责任编辑/宋玲　　装帧设计/姚荣工作室

上海世纪出版股份有限公司
译文出版社出版
网址:www.yiwen.com.cn
上海世纪出版股份有限公司发行中心发行
200001 上海福建中路193号 www.ewen.co
上海盛通时代印刷有限公司印刷

开本787×1092　1/32　印张7　插页5　字数101,000
2017年6月第1版　2017年6月第1次印刷
印数:0,001—6,000册

ISBN 978-7-5327-7469-2/I·4558
定价:49.00元